KB067587

고양이를 모시게 되었습니다

고양이를
모시게
되었습니다

유진국 🐾 지음

얼떨결에 길냥이에게 간택당한
지리산 농부의 집사 일기

고양이는 마법사

지난해 봄 수필집 『흐뭇』을 출간할 때만 해도 출판과 관련해서 찾아온 마지막 행운이겠거니 했습니다. 요즘같이 책이 안 팔리는 시기에, 더군다나 읽어도 그만 안 읽어도 그만인 시골 농부의 시시한 이야기를 책으로 출판한다는 것은 작은 모험일 수도 있으니까요. 사실 주변에 베스트셀러 작가가 쓴 재밌고 유익한 책이 얼마나 많습니까? 그래서 처음부터 마음을 비우고 만일 독자 한 명이라도 책을 읽고 제목처럼 흐뭇해한다면 더 이상은 바라지 않겠다고 생각했습니다. 고맙게도 그 소박한 소망은 이루어졌습니다.

그런데 『흐뭇』을 읽은 많은 독자가 그 무렵 농부가 막 쓰기 시작했던 길고양이 수리냥작 이야기가 한 꼭지도 보이지 않는다고 아쉬워하셨습니다. 수리 이야기가 정말 재밌는데… 재밌는데… 하며 말입니다. 책을 만들기 전 출판사에서 사진작가와 같이 와서 수리냥작 사진은 엄청 찍어 갔는데 정작 이야기는 실리지 않아 필자도 약간 섭섭하기는 했지요.

그런데 기쁘게도 또 다른 행운이 찾아와 『고양이를 모시게 되었습니다』를 선보이게 되었습니다. 『고양이를 모시게 되었습니다』는 지리산 엄천골짝에 사는 시골 부부가 산책길에 만나 입양한 고양이 수리, 밥만 먹으러 오는 길고양이 서리 그리고 꼬리와 더불어 살아가는 따끈따끈한 이야기입니다. SNS에서도 인기가 있어 '수리냥작이 오늘은 왜 안 보이지?' 하고 궁금해하는 팬들도 많답니다.

사람은 고양이를 좋아하는 사람과 고양이를 싫어하는 사람으로 나누어집니다. 사실 필자도 수리를 만나기 전까지만 해도 '고양이는 냄새가 나고 언젠가는 배신을 하는 동물이라 가까이할 게 못 된다'고 믿고 있었습니다. 그런데 그 가까이할 게 못되는 고양이가 마법이라도 부리는지, 첫 만남부터 그 어리석은 생각이 손바닥 뒤집듯 뒤집어졌답니다. 게다가 그 고양이 마법이라는 것도 참 어이가 없습니다. 그냥 눈만 껌뻑껌뻑하며 냐옹~ 하거나 불러도 대꾸 않고 거만을 떠는 게 전부니까요.

『고양이를 모시게 되었습니다』는 고양이를 좋아하는 사람에게는 무조건 권해 드립니다. 고양이를 싫어하는 사람에게도 기꺼이 권해 드립니다. 그리고 비가 오나 눈이 오나 이 땅 위의 고단한 길고양이들의 밥을 챙기는 캣맘, 캣대디들에게 특별히 고마운 마음으로 이 책을 바칩니다. 그들이 있어 세상은 2% 더 흐뭇해졌답니다.

지리산 엄천골에서
유진국

고양이를 만났습니다

나는 고양이로소이다

넝쿨째 굴러온 서리와 꼬리

냥이는 사냥한다

고양이를 모시게 되었습니다

주요 등장인물 🐾

수리 (♂, 2살)

- **직위** 냥작(백작보다 한 단계 높은 작위)
- **특징** 지갑을 열게 하는 엄청난 애교와 넉살
- **집사와의 인연** 산책길에 홀연히 나타나 초면에 구면인 듯이 온몸을 비벼대어 그날로 함께 살게 됨
- **이름의 유래** 수리취떡 상자 안에서 첫 식사를 하여 '수리'
- **자주 하는 말** "냐아옹~"(대충 자신을 자랑스러워하는 소리)

서리 (♂, 2살 추정)

- **직위** 길냥이(엄천골의 실세)
- **특징** 영역 싸움으로 생긴 얼굴 상처 때문에 조폭 같은 인상
- **집사와의 인연** 하루 두세 번씩 꼬박꼬박 밥 얻어먹기를 8개월. 처음엔 기척만 나면 도망갔지만 이젠 제법 알은체를 함
- **이름의 유래** 가끔 나타나 수리의 밥을 서리해 먹어서 '서리'
- **자주 하는 말** "엜옹!"(대충 참치 캔 대령하라는 뜻)

꼬리 (♂, 1살 추정)

- **직위** 길냥이
- **특징** 피카츄를 닮은 귀여운 얼굴. 수리와는 절친 사이
- **집사와의 인연** 서리와 마찬가지로 꼬박꼬박 밥 얻어먹는 중
- **이름의 유래** 서리의 꼬리를 잡고 마당으로 와서 '꼬리'
- **자주 하는 말** "이옹에옹"(대충 수리랑 노는 거 재밌다는 뜻)

진국

- **직위** 집사
- **특징** 지리산에서 곶감을 만들며 사는 불문과 출신 귀농인
- **세 냥이와의 인연** 홀연히 나타난 수리와 우연히 찾아온 서리, 꼬리의 밥을 챙겨주다 보니 어느새 집사가 되어 있었음
- **자주 하는 말** "맙소사!"(세 냥이 때문에 기쁘거나 놀람)

현경

- **직위** 집사
- **특징** 쥐(또는 다람쥐 또는 뱀) 잡는 수리 때문에 자주 놀람
- **자주 하는 말** "수리야~ 수리 어딨니?"

사랑 & 오디 (♀, 5살 & 2살)

- **직위** 충직한 반려견
- **특징** 모녀 관계의 셔틀랜드 쉽독. 주인님이 수리를 예뻐하는 것이 잘 이해가 가지 않음
- **자주 하는 말** "멍멍멍!"(대충 주인님한테 뭔가 알리는 중)

고양이를 만났습니다

백 년 만에 만난 애인처럼

해가 산을 막 넘어가고 어둑어둑해질 무렵, 고양이 한 마리가 내게 다가왔다. 백 년 만에 만난 애인처럼. 저녁 산책길에 홀연히 나타나 '어디 갔다 이제 왔냐'며 온몸으로 비벼대는데, 아내도 나도 어이가 없어 웃음이 나왔다. (뭐야 이거~ 어미 잃은 고양인가?) 처음 보는 새끼 고양이 한 마리가 발 사이로 끼어 들어와 목덜미를 비벼대니 걸음을 옮기기가 힘들 지경이었다.

실수로 밟을까 봐 조심스레 걸음을 옮기다가 쪼그리고 앉아 만져

시골에 길고양이가 흔하기는 하지만 여태 나에게 곁을 준 녀석은 처음이다.

보니 허걱, 배가 없다. 사흘은 굶은 거 같다. 일단 밥을 먹이려고 안고 가는데 굳이 걸어가겠다고 발버둥 쳐서 다시 내려놓았다. 따라오면서도 계속 다리 사이에 착착 달라붙는 바람에 집까지 얼마 남지 않은 걸음이 두세 배는 더 걸렸다.

어쩌면 이렇게도 넉살이 좋을까? 맙소사, 이러다가 꼼짝없이 정들게 생겼네…. 시골에 길고양이가 흔하기는 하지만 여태 나에게 곁을 준 녀석은 처음이다. 동물을 좋아하는 나는 집 주변에 돌아다니는 길고양이랑 좀 친해 보려고 다가가 보았지만 꼬리 한 번 만져보지 못했다. 뇌물로 참치 캔이라도 하나 내려놓으면 내가 안 보일 때 몰래 먹어치우기는 하지만 절대 잘 먹었다는 인사는 없다. 정말 이렇게 사람에게 잘 엉겨 붙는 고양이는 첨이다.

누가 버리고 간 것일까? 아무리 야생동물이지만 정말 상황이 급하면 사람에게 구조 요청하러 다가온다고도 하는데, 이 녀석은 낯선 사람에게도 너무 스스럼이 없으니 아무래도 버림받은 것이 아닐까? 일단 집에 데려와서 종이 박스에 강아지 사료를 부어 주니 아앙아앙 하고 격한 소리를 내며 우적우적 먹는다. 박스에 수리취떡이라는 상표가 보여 수리라는 이름을 지어주고 현관 앞에서 자라고 박스 안에 헌 이불을 깔아줬는데 밤새 사라져버렸다. 걱정이 되어 자다가 한밤

집안 구석구석 꼼꼼히 보고 다니는 폼이 마치 새로
입주할 아파트라도 둘러보는 거 같다.

중에 들락거리며 살펴보았지만 보이지 않는다.

그런데 다시 나타났다. 간밤에 사라졌던 수리가 아침에 나타나 밥을 내놓으라고 한다. 그냥 야옹~ 했을 뿐이지만 나는 그렇게 들었다. 강아지 사료를 주니 우적우적 먹어 치우고는 집 구경을 하겠단다. 냐옹~ 냐옹~ 했을 뿐이지만 그렇게 들렸다. 현관문을 열어주니 당당하게 들어와 강아지 사료통이 있는 방을 대충 둘러보고 안방으로 가더니 침대에 올라가서 발라당 누워버린다. 너무 당당해 보여 빚 받으러 온 빚쟁이 같다는 느낌도 들었지만 나는 다시 나타나 준 것이 고마웠다. 더럽게 침대에 올라가면 어떡하냐고 항의를 하니 그럼 자기를 좀 안아달라고 한다. 냐옹~ 냐옹~ 냐옹~ 했을 뿐이지만 나에겐 그렇게 들렸다.

　　내가 한 손으로 고양이를 안고 볼을 비벼대니 "키우기로 했어?" 하고 아내가 물어본다. 이 말은 나를 고양이 집사로 지정하겠다는 거다. 처음 고양이를 만났을 때는 그냥 두면 굶어 죽는다고 데리고 가야 한다고 먼저 말해 놓고는 오리발이다. (고양이 키우는 거 이거 보통 일이 아닐 텐데… 접종해야 할 거고, 매일 밥 챙겨주고, 똥오줌 치워야 할 거고, 놀아도 줘야 할 거고… 나중에 출산까지 해서 고양이가 버글버글하게 되면… 맙소사, 안 돼, 안 돼…) 근데 이런 걱정은 집사가 알아서 할 일이고 자기랑은 무관하다는 듯이 집안 구석구석 꼼꼼히 보고 다니는 폼이 마치 새로 입주할 아파트라도 둘러보는 거 같다. 그러다 화장실에 들어가서 배수구 옆에 응가를 했는데, 양이 장난이 아니다. 아이쿠, 이제 나는 망했다.

수리냥작

수리

내 이름은 수리, 작위는 냥작이다. 고양이 사교계에서 나는 수리 냥작으로 불리는데, 냥작은 갸르릉 테라피를 직업으로 하고 집사를 거느리는 냥이에게 붙여주는 백작보다 한 단계 높은 작위다. 아는 사람은 다 아는 사실이지만 내가 처음부터 냥작은 아니었다. 출생은 오히려 불행해서 어린 시절 원시 수렵채취 생활을 하며 골짜기를 떠돌다가 하룻저녁에 자수성가하여 오늘에 이르게 되었다. 내가 지겨웠던 배고픔을 이겨내고 갑자기 벼락출세하게 된 비하인드 스토리는 이렇다.

귀족의 혈통을 타고났음에도 불구하고 나는 집사를 구하지 못해 (구인난이 심각해) 며칠째 식사를 거른 채 골짜기에 흐르는 물로 배를 채웠다. 야옹야옹할 힘도 남아있지 않았다. 하지만 나는 끝까지 포기하지 않았다. 나는 마지막으로 젖 먹던 힘까지 짜내어 냐아아옹~ 했다. 나의 마지막 냐아아옹은 회교 사원 탑루에서 기도 시간을 알리는 소리처럼 골짜기를 울리며 멀리멀리 퍼져나갔다. 그리고 그 애달픈 소리를 들은 한 시골 부부가 구시락재를 넘어 나에게 다가왔다. 부부는 몸을 낮추고 말했다. '아니 귀하신 고양이님께서 여기서 무얼 하시는지요?' 하고는 경건하게 몸을 낮추고 나의 배를 만져보더니(줄여서 경배라고 한다) 신앙심이 충만해져 나를 자기네 집으로 모시고 갔다.

냥이 앞에 고 자가 붙는 것은 고귀한 또는 고고한 냥이라는 의미다. 유럽의 귀족 이름에 가문을 상징하는 폰(카라얀), 반(베토벤)이 붙는 거랑 같다고 보면 된다. 다시 말해서 당신이 나를 고양이라고 부르면 내가 '고귀한 냥'이라는 뜻이다. 이런 고귀한 냥이를 어떻게 대접해야 할지 몰라 당황한 부부는 처음엔 두유를 한 그릇 내어왔는데, 내가 혀끝만 대고 고개를 젓자 우왕좌왕하더니 격렬한 토론을 벌였다. 토론 끝에 의견 조율이 이루어졌는지 서로 눈을 마주치고 고개를 끄덕이더니 이번에는 개 밥그릇에다 개 사료를 가득 담아 왔다. 이것도 사실은 격에 맞지는 않는다. 고양이에게 개 사료라니….
하지만 워낙 배가 고팠던 나는 기꺼이 받아들였고 갸르릉 우적우적
먹어치웠다.

시골 부부는 나의 갸르릉에 몹시 감동받은 거 같았다. 나는 이 갸
르릉 하나로 냥작 작위를 받았고, 삶에 지친 집사 가족의 영혼에 위
안을 주고 있다. 단순한 울림이 반복되는 이 갸르릉 '묘음곡'은 바흐
의 무반주 첼로 '모음곡'처럼 지친 몸과 영혼에 평화를 안겨준다. 나
의 경지가 있는 갸르릉 테라피는 아침엔 프렐류드로 활기가 넘치고.
저녁 먹고 소파에 누운 집사의 산(똥배) 위에서는 3박자의 느린 사
라방드로 명상에 잠기게 한다.

냥이 앞에 고 자가 붙는 것은 고귀한 또는 고고한 냥이라는 의미다.

고양이의 성에 대한 인간의 무지

난 싫다는데 집사가 무조건, 억지로, 강제로, 한마디 상의도 없이 나를 병원에 데리고 갔다. 건강검진 해야 한다고. 나? 건강한데? 밥 잘 먹고 똥 잘 싸는데? 우다다다 한밤중에 운동도 열씨미 하는데? 고양이가 그 정도면 됐지 도대체 뭘 더 원하는 거지?

진주에 있는 동물병원으로 가는 길에 차는 기분이 좋아 갸르릉거렸고, 나는 기분이 안 좋아 구슬피 울었다. 난 차를 타는 게 시르다. 냐오옹~ 냐오옹~ 세상에 어느 고양이가 이토록 구슬픈 연기를 해낼까? 하지만 집사는 건장한 아들까지 동원하여 나를 강제로, 억

건강검진
해야 한다고?
나 건강한데? 밥 잘
먹고 똥 잘 싸는데?

지로 데리고 갔다. 나는 결연하게 반대했다. 트럼프 씨의 무역전쟁
에 반대하는 시진핑 씨처럼 말이다. 나는 집사가 만든 종이 박스 이
동장을 뚫고 나와 차 안을 빙빙 날아다녔다. 나는 차를 타는 게 시르
다~ 시르다~ 하고 시위를 했더니 얼이 나간 집사의 아들이 티셔츠
속에 나를 가두고 꼼짝 못 하게 끌어안는다. 나는 볼륨을 높이고 최
대한 구슬프게 울었지만, 집사의 마음을 돌리고 차를 돌리기에는 역
부족이었다. 나는 결연했지만 집사의 결심도 단호했다.

수의사는 나를 보자마자 수컷 3개월이라며 내 여권이라도 본 것
처럼 선언했고 집사는 뒤로 넘어갔다. 여태 나를 2개월짜리 암컷으
로 알고 있었다는 거다. 헐, 내가 아무리 길냥이라지만 고양이의 성
에 대한 인간의 무지함이라니? 당황한 집사가 나를 뒤집고 "어딨어?
어딨어?" 하며 그것을 찾는데, 이거 참 민망하구로 집사는 수고양이

가 딸랑딸랑 소리가 날 정도로 큰 방울을 달고 다니는 줄 알았나 보다. 개처럼 천박하게 말이다. 어쨌든 나는 원치 않는 1차 백신을 맞고 심장사상충 구충을 했다. 어리숙한 집사에 반해 나는 품위 있게 처신했다고 수의사가 상으로 간식을 주었다. 고양이 용품점에 들러 이동장도 하나 사고 스크래처라는 것도 하나 사 가지고 왔지만, 집에 와서 심술이 난 나는 소파만 박박 긁었다.

고양이는 개와 다르다

진국

아내가 수리경인지 냥작인지 접종 언제 할 거냐고 묻는데, 나는 "응~ 해야지~ 할 거야~" 하고는 하루하루 미루고 있었다. 강아지 접종은 내 손으로 여러 번 해봤는데 고양이는 첨이라 자신이 없었다. 지난달 동물병원에 데려가서 1차 접종은 했지만 진료비가 생각보다 많이 나와 2차부터는 내가 직접 하기로 했다. 3차까지는 해야 하는데 진주까지 데리고 가자니 거리도 먼 데다 돈도 아깝다. 하지만 직접 하자니 고양이 발톱이 겁났다.

백신은 읍에 나가는 길에 동물병원에 들러 사가지고 왔다. 날짜가 되어 접종을 해야 하는데 약을 냉장고에 넣어두고 이틀을 고민하다 더는 미룰 수가 없어 용기를 짜내었다. 까짓거, 고양이도 강아지처럼 하면 되겠지…. 하지만 만일 수리가 내 손을 할퀴면 어쩌지? 내 손가락에 날카로운 이빨을 박아 넣으면 어쩌지? 안전하게 수건으로 싸바르고 할까 어쩔까 고민하다 그냥 하기로 했다. 싸바르면 이 녀석이 분명 난리를 치고 나를 용서하지 않을 터, 잠잘 때 슬쩍 한 방 놓기로 했다.

길냥이를 업어온 지 어느덧 한 달이 다 되어 가는데 수리는 빨리 자라기로 결심이라도 한 듯 체중이 두 배 이상 늘었고 발톱은 장미 가시처럼 날카롭다. 하품을 할 때 보면 이빨은 또 아이구야~ 악마가 따로 없다. 사료만 먹으면 즉시 곯아떨어지던 수리가 접종을 하려고 마음먹으니 잠을 잘 안 잔다. 그런데 점심때 간식을 좀 많이 줬더니 벽난로 앞에서 드디어 잠이 들었다. 나는 주삿바늘에 백신을 넣으며 작은아들에게 수리를 좀 잡아달라고 했다. 아들이 수리를 살짝 안고 내가 바늘을 숨긴 채 다가가니 수리가 갑자기 잠이 깨어 냐옹한다. 한번 잠들면 업어가도 모르게 잘 자더니 살짝 안았는데도 잠이 깨어 냐옹한다. 내가 맛난 간식으로 서프라이즈라도 하려나 기대하는 눈치다.

에라 모르겠다. 그냥 강아지 접종하듯 하면 되겠지 싶어 목덜미를 손가락으로 살짝 집어 들고 바늘을 찌르는데, 내가 너무 긴장했나 보다. 바늘이 들어간 건지 안 들어간 건지 헷갈리는데 아들이 "아이코 이 녀석이 문다" 하며 수리를 소파에 내던진다. 다행히 피가 나도록 물지는 않았다. 나는 포기하지 않고 간식을 하나 먹인 뒤 다시 시도해 보았다. 그런데 수리가 '뭐 하는 거야?' 하며 자꾸 뒤돌아보니 바늘을 찌를 수가 없다. 수리가 뒤돌아보면 급히 바늘을 숨겼다가 다시 목덜미를 집어 올리기를 몇 차례, 안 되겠다 싶어 큰아들도 불러내 카디건으로 수리 발을 싸바르라고 했다. 그랬더니 큰아들이 한마디 한다. "안 돼~ 전문가에게 맡겨~ 고양이는 개와 다르잖아~"

고양이는 개와 다르다. 맞는 말이다. 나는 이 한마디 덕분에 마음 편하게 이 해프닝을 끝낼 수 있었다. 솔직히 나는 최근 3주간 고양이 접종 때문에 고민을 해왔다. 시골에 살면 웬만한 건 직접 해야 하는데, 고양이 접종은 어쩐지 내키지가 않고 겁도 나서 이러지도 저러지도 못하고 있었다. 아내가 어떤 책에서 보았더니 고양이는 개와 다르기 때문에 캣 프렌들리 병원을 찾아가는 것이 좋다고 한다. 동물병원은 대부분 개를 전문으로 해서 수의사들이 고양이를 작은 개 정도로 가볍게 생각한다는 것이다. 그런데 고양이는 개와는 다르므로 될 수 있는 대로 고양이를 잘 다루는 캣 프렌들리 병원으로 가는 게 좋다는 거다. 내가 사는 시골에는 동물병원이 몇 군데 되지도 않지만 모두 피그 프렌들리, 카우 프렌들리다. 좀 멀기는 하지만 수리경인지 수리 냥작인지 애물단지 하나 데리고 캣 프렌들리 병원을 찾아 진주까지 가야 한다.

방울이 사라졌다

방울이 사라졌다. 어디 갔을까? 조금 전까지만 해도 분명 여기 있었는데 말이다. 귀신이 곡할 노릇이야. 그건 누가 훔쳐 갈 수도 없는 건데, 내가 실수로 떨어뜨릴 수도 없는 건데, 나에게 우째 이런 일이 일어났는지 모르겠지만 나는 체통을 중시하는 냥작이라 겉으로는 짐짓 아무렇지도 않은 듯 아무 내색도 하지 않았다. 하지만 고백하건대 속으로는 무척 당황스러웠다.

쥐가 훔쳐 갔을까? 아니 그럴 리는 없지. '누가 고양이 목에 방울을 달 것인가' 하며 방울을 달지 못해 안달이라는데, 멀쩡하게 잘 달

려 있는 고양이의 방울을 도대체 왜 떼어낸단 말인가?

어쨌든 방울과 함께 점점 커지던 수컷의 자부심은 사라져버렸다. 그런데 방울이 사라진 그 자리에 처음 보는 까마귀 실이 한 가닥 박혀 있다. 흠흠, 세상에 완전 범죄는 없는 법이야. 도둑이 내 방울을 훔쳐 가면서 부주의로 남긴 흔적이 분명해. 요즘 사설 고양이 탐정이 있다는데 만일 내가 고양이 탐정에게 수사를 의뢰하면 이 까마귀 실 한 가닥에서 얻은 정보가 결정적인 증거가 될 수도 있을 것이다. 수의사는 열흘 뒤에 이 까마귀 실을 뽑는다고 하니 그전에는 단서를 찾아내야 할 것이다.

정말 오늘은 묘한 하루였다. 매일 아침에 나오는 수라상이 나오지 않았다(내 이름이 수리라 원래 수리상인데 수라상으로 부르기도 한다). 난 집사가 바빠서 깜박했나 싶어 냐아옹~ 하고 이 사실을 분명히 알렸다. 평소 같으면 내가 집사의 발목을 한두 번 살짝 스치기만 해도 '아~ 네, 냥작님. 수라상 곧 올리겠사옵니다~' 하고 식사를 내어 왔는데, 오늘은 내가 고개를 치켜들고 세 번 네 번 냐오옹~(나 배고프다)까지 했는데도 들은 척도 않는 것이다. 들은 척하기는커녕 '오늘은 저랑 거래처에 좀 다녀오셔야겠습니다.' 하고는 나를 이동장으로 모시는 것이었다. 나는 별로 내키지는 않았지만 허락할 수밖에 없었다. 집사가 정색을 하고 말을 하면 그냥 믿고 나를 맡길 수밖에 없었다.

한 시간 가까이 차를 달려 거래처에 도착하니 개 두 마리가 먼저 와 있는데 그중 덩치 큰 녀석이 꼬리를 내리고 벌벌 떨고 있었다. 감기라도 걸려 주사를 맞는 것 같았다. 덩치가 엄청 큰 녀석이었는데도 덩칫값도 못하고 깨갱 흑흑 울부짖는 것을 보니 나도 모르게 긴장이 되어 집사의 가슴으로 후다닥 파고들었다. 집사는 "냥작님, 괜찮습니다~ 걱정할 거 하나도 없습니다. 금방 끝난답니다" 하며 나를 안심시켰지만 나는 전혀 안심이 되지 않았다. 결국 내 차례가 되었고, 발목이 잠시 따끔한가 싶었는데 졸음이 화악 몰려왔고, 그 뒤론 아무 기억이 나지 않는다.

하품을 하며 깨어보니 나는 어느새 집에 와 있었고 "냥작니임~ 고생하셨습니다. 다 잘 되었답니다~" 하고 집사가 아양을 떨더니 고등어 캔을 내밀었다. 처음으로 먹어보는 거였는데 정말 맛있었다. 게다가 오후 느지막한 시간이 되어서야 겨우 먹는 오늘의 첫 식사였다. 배가 워낙 고팠기에 허겁지겁 먹고 나서 문득 뒤가 허전해 돌아보니 그것이 안 보이는 것이다. 분명 여기 있었는데 말이다. 제기랄.

또 내 사진을
찍으려는
것이냐?

어디, 이것도
찍어봐봐

히힛

나는 고양이로소이다

수리의 사월

수리

지난겨울은 따뜻했다. 지리산 상봉에서 내려온 찬바람에 엄천강이 꽝꽝 얼어붙어도 거실에는 따사로운 햇살이 종일 들어왔고, 해가 넘어가면 집사는 추위에 약한 나를 위해 벽난로에 장작을 부지런히 넣었다. 그래도 추울까 봐 집사의 아내는 매일 저녁 나를 포근한 치마폭에 모시고 책을 읽고 TV를 보고 바느질을 했다. 가끔 고양이가 주인공으로 나오는 책을 탐독하는 걸 볼 수 있었는데 훌륭한 집사가 되기 위한 교본이 아니었나 짐작한다. 집사의 아내는 요리 솜씨도 뛰어나서 아침저녁으로 먹는 식단 외에도 다양한 캔 요리와 봉지 요리를 만들었다. 내가 입이 궁금해서 냐오옹~ 하면 집사의 아내는 즉시 캔을 따고 봉지를 부스럭거려 내가 좋아하는 고등어 요리나 명태 요리를 내왔다. 모든 것이 만족스러웠다.

　사월은 잔인한 달이라고, 겨울은 차라리 따뜻했다고 냐옹한 어느 시인의 시를 나만큼 깊이 이해하는 문학 냥이는 모르긴 몰라도 아마 이 세상에 없을 것이다. 사월 벚꽃이 피고 질 무렵 나는 정원사로 취업을 하게 되었다. 아침 해가 밝으면 꽃밭에 웃거름을 주고 조경수를 관리한 뒤 해거름에야 집안에 들어와서 고단한 몸을 누일 수 있었다. 그런데 모과 꽃비가 내리던 어느 날부터 나는 내 의사와는 상관없이 잠자리를 데크로 옮기게 되었다. 한동안 정원과 집안을 오가며 생활했는데 어떤 이유로 내가 밤낮을 정원에서만 보내게 된 건지 모르겠다.

집사 부부가 쥐고기를 좋아할 줄이야…

어느 날 내가 돌담 아래서 통통한 쥐를 한 마리 잡았더니 집사의 아내는 기겁을 하고 뒤로 넘어갔다. 나의 첫 사냥이었다. 토트넘 새 축구장에서 열린 첫 경기에 손흥민이 넣은 첫 골 못지않게 나에게는 뜻깊은 성취였기에 나는 나의 첫 수렵물을 입에 물고 개선장군처럼 의기양양했다. 마침 휴일이라 집사 부부가 텃밭을 정리하느라 마당 한편에서 땀을 흘리고 있었는데, 마당을 가로질러 당당하게 행진하는 나를 보고 집사의 아내는 놀라 넘어갔다가 다시 정신을 차리더니 유감스럽게도 나의 첫 포획물에 욕심을 냈다. "뺏어! 뺏어! 먹기 전에~ 얼른~" 집사는 아내의 말이 끝나기도 전에 후다닥 나의 사냥물을 뺏으려고 달려들었다. 정말 실망스러웠다. 이럴 수가… 축하는 못해줄망정 탐을 내다니…. 집사 부부가 쥐고기를 좋아할 줄이야…

46

나는 몸을 돌려 후다닥 튀었지만 동작 빠른 집사가 내 꼬리를 잡고 늘어졌다. "내놔~" "야옹~" "내놔~" "야옹~" "내놔~" "야옹~" "내놔~" "야옹~"

집사 부부는 한 마리에 만족하지 못하고 더 많은 쥐를 요구하는 걸까? 그래서 내가 밤낮으로 사냥하도록 나의 잠자리를 데크 앞으로 옮긴 것일까? 얼마 전부터 집사의 아내가 다시 학교 선생으로 나간다던데, 먹고살기가 어려워진 걸까? 만일 그렇다면 나도 쥐를 열심히 잡아야 할 것이다. 왜냐하면 우리는 한 가족이니까. 근데 이건 할 말은 아니지만 뒷마당의 사랑이와 오디는 여태 쥐를 한 마리도 못 잡았다는데, 도대체 왜 키우는 걸까? 아무리 애완견이라지만 말이다. 그건 그렇고, 내가 데크로 이사하고 난 뒤 정작 정신적 타격을 받은 쪽은 집사의 아내였다. 두 아들이 취업해서 서울로 가버린 뒤 허전한 가슴에 나를 안고 위안을 얻었었는데, 내가 마당으로 나가게 되니 나의 갸르릉 테라피가 그리울 것이다.

수리의 오월

진국

　주말이라 늦잠을 자는데 아침부터 수리가 창밖에서 야옹야옹~ 집사를 깨운다. "냥작님~ 왜 그러세요~" 하고 창을 여니 시간이 몇 신데 아직 자느냐고 집사는 일단 나와 보라고 하신다. 나가 보니 작은 쥐 한 마리랑 더 작은 두더지를 한 마리 잡아 데크에 올려놓았다. "아이쿠, 놀래라~ 아니, 냥작님~ 나더러 이걸 다 어쩌라구요~" 하니 집사는 쥐를 좋아하지 않느냐고, 지난번에 통통한 쥐 잡았을 때 뺏어가지 않았냐고, 이건 좀 작은 거지만 마음으로 주는 선물이니 받아 두라고 한다. 대략 난감하다. 기뻐하면 또 선물할 테니 기뻐할 수 없다. 가정의 달을 맞아 나름 생각해서 생색내며 주는 선물인데 무시할 수도 없고, 이거 참 이럴 땐 어떻게 해야 하나?

지난가을 산책길에서 업어와 거실에서 키우던 수리를 사월에 바깥으로 내보냈더니 기회만 있으면 집안으로 들어오려고 했다. 날씨가 좋은 날 현관문을 열어놓으면 방충망 도어 아래로 스멀스멀 스며들어 오곤 했다. 사월 초 꽃샘추위에 기온이 많이 내려갈 때는 안쓰러워서 해가 떨어지면 간단히 목욕을 시키고 집 안에 들이기도 했는데 목욕하기를 엄청 싫어하는 고양이와 목욕시키기를 더 싫어하는 집사의 이해관계가 맞아떨어져 아주 바깥 생활만 하게 되었다.

양지식물, 음지식물처럼 동물도 양지동물, 음지동물이 있다면 고양이는 따뜻한 곳을 좋아하는 양지동물이다. 겨울에 거실에서 지낼 때도 수리는 항상 거실 창으로 해가 잘 드는 곳을 찾아 다니며 낮잠을 즐겼고, 해가 넘어간 뒤 벽난로에 불을 넣으면 벽난로 앞 가장 따스한 곳에 자리를 잡곤 했다. 내가 마당에서 장작을 들고 들어오면 마치 저를 위해 벽난로 불을 넣는 것처럼 불도 붙이기 전에 미리 좋은 곳에 터억 자리를 잡는 것이다. 기온이 많이 올라간 오월로 접어들어 이제는 바깥세상도 짐승들이 지내기엔 그다지 춥지는 않지만 수리는 항상 볕이 드는 양지에서 햇볕을 즐긴다. 해가 드는 곳

을 따라다니며 아침엔 흔들 그네 지붕 위로 올라갔다가 오후엔 앞마당 잔디에서 햇볕을 만끽한다. 그리고 햇살이 제법 따가울 때면 플랜트 박스 백합 그늘 아래에서 낮잠을 즐긴다.

오월로 접어들어 장미가 한 송이 두 송이 피기 시작했지만 아직 뒷산 뻐꾸기 울음소리는 들리지 않는다. 수리가 집 안에서 지낼 때는 밤중에 자는 시간이 비교적 많았지만 날씨가 포근해지고 야간 활동을 하면서 낮잠 자는 시간이 더 많아진 것 같다. 한번은 한밤중에 우연히 잠이 깨어 마당을 내다보니 수리가 돌담 위로 살금살금 걸어 다니며 뭔가를 노리고 있었다. 쥐의 움직임을 포착한 것이다. 수리는 요즘 사냥에 재미를 들였다. 내가 아침에 현관문을 열면 수리가 밤새 잡은 쥐나 두더지를 데크에 자랑스럽게 터억 올려놓는다. 그리고 충직한 집사에게 내리는 하사품이라도 되는 양 나의 반응을 지켜본다.

솔직히 나는 쥐가 무섭다. 그래서 나는 수리가 보는 앞에서 삽으로 쥐를 떠서 개똥 던지듯 덤불 속에 휙 던졌다. 수리는 놀랍고 당황한 듯 묘한 표정을 짓더니 짐짓 슬픈 얼굴로 아직 채워지지 않은 빈 밥그릇으로 눈길을 돌렸다. 그 표정에는 집사는 덩치만 컸지 자기처럼 날카로운 발톱도 없고 이도 무뎌 의외로 쥐를 무서워할 수도 있겠다는 철학적 체념이 담겨 있었다.

고양이와 산책하기

진국

나는 그게 궁금했다. (개가 아닌) 고양이가 사람과 함께 산책을 할 수 있을까? 나는 아직 한 번도 고양이가 사람과 함께 산책하는 걸 보지 못했기 때문에 그럴 수는 없으리라 생각했다.

개는 선천적으로 사람을 따르고 복종하기를 좋아하지만 고양이는 다르다. 고양이는 천성이 도도하다. 개는 주인이 부르면 꼬리를 흔들며 즉시 달려오지만 고양이는 아니다. 아무리 다정한 목소리로 불러도 멀뚱멀뚱 쳐다만 보거나 못 들은 척 외면하거나 기껏해야 거드름 피우며 어기적어기적 다가올 뿐이다. 꼬리를 빳빳하게 세우고 말이다. 고양이를 키우는 사람을 괜히 집사라고 부르는 게 아닌 것이다.

그런데 언제부턴가 아내와 내가 저녁 산책을 나서면 수리가 따라왔다. (야~ 수리~ 너 강아지냐? 왜 따라와?) 큭큭 웃음이 나왔다. 산책길은 구시락재를 넘고 엄천 강변길을 거슬러 집으로 돌아오는, 제법 거리가 있는 코스다. 시간도 40분 정도 걸린다. 고양이가 따라다니기엔 너무 먼 거리다. 산책길 중간중간에 큰 개들을 키우는 집들도 있어 고양이가 사람과 같이 산책하는 풍경은 개의 질투심을 유발할 수도 있을 것이다. 묶여 있는 개는 그나마 덜 위험하지만 큰 개를 마당에 풀어놓고 키우는 집도 있다. 울타리가 없는 시골 마당에 풀어놓고 키우는 대형견은 고양이는 물론이고 사람에게도 큰 위협이다. 개 주인은 자기 개가 너무 착하고 순해서 사람을 절대 물지는 않는다고 장담한다. 하지만 개를 좋아하는 나도 그 집을 지나칠 때는 긴장이 된다. 어쩌다 그 녀석이 나를 힐끔힐끔 쳐다보기라도 하면 나는 발바닥이 오그라들어서 될 수 있는 대로 녀석과 눈을 마주치지 않고 빠른 걸음으로 그러나 겁먹은 듯 보이지 않게 신속하게 통과한다.

처음엔 수리가 따라오다가 개 짖는 소리에 겁을 먹고 되돌아갔다. 큰 개가 한번 컹 짖자 걸음아 나 살려라 하고 줄행랑을 놓았다.

그런데 오늘은 개가 잠이 들었는지 짖지를 않자 수리가 구시락재 너머까지 졸졸 따라왔다. 이제는 혼자 되돌려 보내기엔 너무 먼 거리라 여차하면 안고 가더라도 끝까지 데리고 가야 할 상황이 되었다. 주사위는 던져졌고 수리는 구시락재를(루비콘강을) 넘어선 것이다. 마지막 장애물인 큰 개가 풀려 있는 집을 지나칠 때는 아내가 수리를 잠시 안고 통과했다. 엄천교 다리 앞에 있는 식당을 지나가는데 평상에 앉아 쉬던 동네 사람들이 고양이가 사람을 따라다니는 것이 웃기다고 한마디씩 거들어서 나도 같이 웃었지만 솔직히 살짝 창피했다.

고양이는 소리에 민감해서 낯선 소리에 즉각적으로 반응한다. 장애물 구간을 다 지났기 때문에 이제는 수리랑 여유 있게 산책을 즐기게 될 줄 알았는데 강물 소리에 익숙하지 않은 수리가 물소리에 겁을 먹고 자꾸 덤불 속으로 숨어들었다. 할 수 없이 아내와 내가 교대로 안고 걸었다. 다 자란 수컷 고양이는 여간 무겁지가 않은 데다 또 한창 털갈이 중이어서 저녁 먹고 배 두드리며 나섰던 즐거운 산책길이 고난의 행군이 되어버렸다. 처음부터 수리가 따라오지 못하게 했어야 했는데 개 짖는 소리에 돌아가겠지 하며 방심했고 한편으론 개도 아닌 고양이가 졸졸 따라오는 게 귀엽기도 해서 적극적으로 막지 않은 것도 사실이다. 비가 온 뒤 불어난 엄천강

수리야~
얼른 이쪽으로
오렴

집사가
내 쪽으로 와야
맞지 않은지?

물소리에 잔뜩 움츠러들었던 수리는 아내와 나의 가슴을 갈아타며 기분이 좋아져서 수시로 냐옹~냐옹~ 노래를 불렀다.

고양이는 천성이 도도하다. 아무리 다정한 목소리로 불러도 멀뚱멀뚱 쳐다만 보거나, 못 들은 척 외면하거나, 기껏해야 거드름 피우며 어기적어기적 다가올 뿐이다.

집사와 산책하기

수리

    나는 하루 두 번 먹는다. 아침에 한 번 저녁에 또 한 번 먹는다. 그러니 저녁을 먹으면 그날 먹을 건 다 먹는 거다. 나는 한창 자라고 있는 거세묘(去勢猫)라 식욕이 왕성해서 먹는 건 절대 사양하지 않는다. 오늘은 저녁 먹은 지 얼마 되지도 않았는데 고등어 통조림이 또 나왔다. 나는 후식인가 보다 하고 우적우적 먹다가 집사부부가 유난스레 아양을 떨고 살금살금 발끝으로 걸으며 키득거리는 것이 어쩐지 이상해서 뒤돌아 보았더니 나 몰래 산책을 나서고 있었다. 나는 밥그릇을 걷어차고 후다닥 쫓아갔다.

거세묘는 터프하고 거센 고양이라는 뜻이다. 딸랑딸랑 쌍방울을 거세하고 나면 거센 고양이가 되어 모험심이 강해진다. 내가 큰 뜻을 품은 모험가라고까지 할 수는 없겠지만 나는 호기심 많은 냥이다. 나는 이제부터 집사를 데리고 산책이라는 이름의 탐구 여행을 하려고 한다. 냥작으로서의 체통을 생각한다면 집사가 모는 마차라도 타고 가는 게 마땅하겠지만 고갯길이 워낙 험하다 보니 유감스럽지만 걸어갈 수밖에 없다. 내가 이 여행에 집사를 데리고 가는 이유는 나랑 사이가 좋지 않은 이웃 개들 때문이다. 이 친구들은 말이 안 통한다. 내가 냐옹~ 하면 컹컹하고 동문서답한다. 좀 똘똘해 보이는 진돗개도 내가 냐옹~ 하면 월월~ 하며 말인지 방귄지 알 수 없는 소리를 질러대기만 한다. 한번은 덩치가 멧돼지만 한 시베리안허스키에게 "멍멍아~ 야옹해봐~" 했더니 '너 맛좀 볼래?' 하며 눈을 부라렸다. 하지만 나를 함부로 대하는 녀석들도 집사에게는 꼬리를 친다. 천박하게 꼬리를 흔들고 어떤 놈은 아예 엉덩이를 흔든다. 이것이 내가 그들의 영역을 지나갈 때 집사를 대동하는 이유다. 만일 이게 영화나 만화라면 나는 '장화 신은 고양이'가 되어 허리에 칼을 차고 개들을 호령하며 지나가겠지만 삶은 현실이지 영화나 만화가 아니다.

강호는 험한 곳이다. 집사의 협조로 개들의 영역을 무사히 지나고 강둑길을 걷다가 뜻밖에 새로운 위험에 직면하게 되었다. 엄천강에서 정체를 알 수 없는 거대한 괴물이 소리를 질러대는 거다. 집사에게 들은 전설에 따르면 엄천강에는 아홉 마리 용이 살고 있고 그중 한 마리는 눈이 멀었는데, 그 눈먼 용이 울 때마다 비가 온다고 한다. 물론 내가 그 전설을 다 믿는 것은 아니지만 비가 그쳤는데도 용이 우는 듯한 소리가 나니 사실 여부를 떠나서 나는 이만저만 겁이 나는 게 아니다. 일단 나는 덤불 속으로 피신했다. 나는 안절부절못했다. 나는 나의 캐슬에서 너무 멀리까지 걸어왔고 언제 나를 공격할지 모르는 엄천강 눈먼 용 때문에 똥이 마려울 지경이 되었다. 집사에게는 마차라도 타고 가는 게 좋겠다고 했다. 그랬더니 갑자기 마차를 준비할 수 없는 난감한 처지의 집사는 나에게 단호한 목소리로 용기를 주려고 손뼉을 치며 응원을 했다. 하지만 나는 슬픈 얼굴로 마차 비슷한 거라도 가지고 오든지 아니면 여기서 하루 묵어가겠다고 했다.

집사는 준비를 해오지 않아 묵어갈 수는 없다며 그 대신 직접 마차가 되겠다고 자청했다. 참으로 충직하고 사려 깊은 집사다. 나는 그의 가슴에 마차처럼 타며 고마움의 표시로 냐옹냐옹 노래를 불러주었다. 거세묘는 거세기도 하지만 뚱냥이이기도 해서 집사의 숨소리가 거칠어질 때는 살짝 미안하기도 했다. 캐슬로 가는 마지막 오르막길에서 집사는 헐떡거리며 뭔가 알 수 없는 거친 소리를 내뱉기도 했지만 나는 무시했다.

쥐 잡는 게 고양이다

　휴일 아침 늦게 일어난 아내가 창밖을 보고 소리를 지른다. 얼른 와서 내다보라는데, 목소리가 막 떨리고 있다. 뭔가 큰일이 났나 보다 하고 내다보니 수리가 쥐를 잡아 놓고 있다. 아직 살아 있는 조그만 쥐를 톡톡 건드리며 도망가게 해놓고선 펄쩍 뛰어 다시 잡아채고 또다시 놓아주었다가 쫓아가서 앞발로 콱 누르며 한참을 재밌게 놀고 있다. 그러다 쥐가 실신을 한 건지 숨이 넘어갔는지 움직임이 없으니 몇 번 더 톡톡 건드려보다가 갑자기 쥐를 먹기 시작한다. "수리가 쥐를 먹는다~ 아이고~ 저놈이, 저놈이…" 하며 아내가 비명을 지른다. 얼른 쥐를 못 먹게 하고 사료를 주라고 채근을 하는데, 나는 그럴 수가 없다. 솔직히 나는 쥐가 무섭다. 나는 짐짓 태연한 척 쥐 잡아먹는 게 고양이 아니냐며 외면해 버렸다.

사실 고양이가 쥐를 잡아먹는 게 큰일도 아니고 놀랄 일도 아니고 비명을 지를 일은 더더욱 아니다. 하지만 주는 사료만 먹는 줄 알았던 수리가 쥐를 잡아먹는 광경을 목격한 아내는 충격을 받은 모양이다. 지난가을 산책길에서 애처롭게 울던 어린 길냥이 수리를 업어와 봄이 오기까지 품에 안고 키웠는데, 그 녀석이 징그러운 쥐를 먹는다는 사실이 받아들이기 어려운 것이다. 업어온 길냥이를 아내는 정을 듬뿍 주고 보살폈다. 마당으로 내보낸 요즘도 아내는 아침에 일어나면 제일 먼저 수리가 데크에 있는 캣타워에서 자고 있는지 살펴보고 밤에 잠자리에 들기 전에도 수리가 제자리에 자리를 잡고 누웠는지 확인한다.

수리가 쥐를 잡은 게 이번이 처음은 아니다. 이전에도 수리가 쥐를 잡아놓은 걸 서너 번 본 적이 있다. 한번은 아침에 잔디 마당에서 죽은 쥐를 밟을 뻔한 적도 있어서 요즘은 마당에 나가면 혹시나 하고 조심스레 살펴보기도 한다. 지난주엔 수리가 쥐 한 마리와 두더지 한 마리를 세트로 잡아 데크 위에 올려놓은 적이 있다. 나에게 선물이랍시고 준 것이다. 나는 수리가 쥐를 잡기는 하지만 먹지는 않는 줄 알았다. 그런데 막상 먹는 걸 보니 나는 내심 '저놈이… 저놈이… 쥐를 먹는구나' 싶다.

아내는 충격이 큰 모양이다. 오늘은 수리를 보고 걸핏하면 "쥐도 먹는 녀석이~ 쥐를 다 잡아먹는 녀석이~" 하며 구박을 한다. 평소에 아내가 수리를 귀여워하는 모습을 보면 할머니가 손녀 귀여워하는 것처럼 보였으니 이해는 간다. 아내는 원래 쥐를 먹지 않던 착한 수리가 쥐를 먹게 된 게 가끔 다녀가는 길냥이에게 나쁜 영향을 받아

고양이가
쥐 잡은 걸 보고
그리 놀라다니
연약한 집사…

그리된 거라고 단정한다. 원래 수리는 착한 고양인데 주변에 떠돌아다니는 불량 고양이에게 나쁜 물이 들었다는 것이다.

요즘 수리랑 비슷하게 생긴 (아내가 불량 고양이라고 의심하는) 길냥이 한 마리가 가끔 보인다. 한번은 저녁에 수리 밥그릇에서 수리 대신 그 길냥이가 허겁지겁 사료를 먹는 걸 본 적이 있다. 착한 수리는 자기 밥을 양보하고 가만히 지켜보고 있었다. 수리보다 몸집이 조금 작은 녀석이었는데 여느 길냥이처럼 꼬리가 뭉툭하지 않고 무늬는 수리랑 구분이 어려울 정도로 비슷해서 혹시 수리랑 형제가 아닐까 싶었다. 나는 그 녀석이 수리 밥을 다 먹을 때까지 멀리서 지켜보고 있다가 슬금슬금 다가갔는데 녀석도 경계를 풀지 않고 슬금슬금 달아났다. 수리는 친구가 필요했던지 쫄레쫄레 따라갔지만 친구 대신 밥만 필요한 녀석은 뒤도 안 돌아보고 가버렸다.

착한 수리는 웬 길냥이가 자기 사료를 먹는데도 양보하고 가만히 지켜보고 있었다.

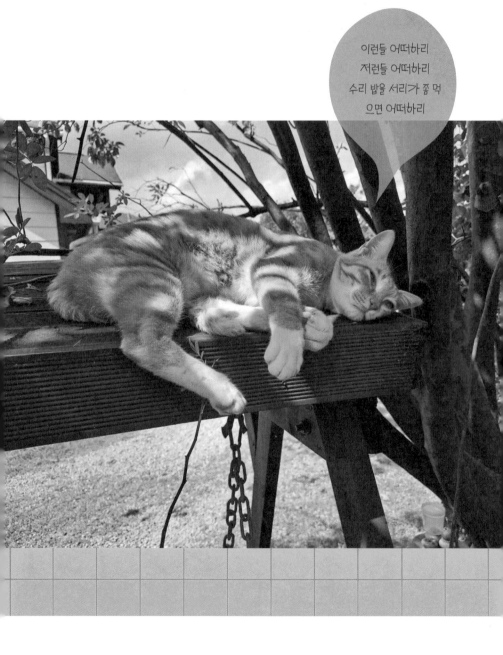

이런들 어떠하리
저런들 어떠하리
수리 밥울 서리가 좀 먹
으면 어떠하리

나는 고양이로소이다

〈톰과 제리〉라는 만화 영화에서 고양이 톰은 생쥐 제리를 끝없이 괴롭히지만 꾀 많은 제리는 어리석은 톰을 역으로 골려준다. 제리는 잡힐 듯 잡힐 듯하며 톰을 골탕 먹이고 딱 한 발 앞서 신나게 달아나는데, 이건 어디까지나 만화에서고 영화에서다. 현실에서 나 수리는 결코 어리석지 않아 날쌘 동작으로 쥐를 잡는다. 쥐를 잡으면 톡톡 건드려 일단 도망가게 한 뒤 콱 잡아채고, 다시 도망가게 해놓고선 펄쩍 뛰어 입에 물고 공중에 휙 던진다. 음식 가지고 장난치지 말라는데, 나는 장난치는 게 아니다. 집사는 내가 쥐를 가지고 논다고 하는데, 나는 노는 게 아니다. 사실 나는 쥐가 기진맥진하도록 만들고 있다. 비록 내가 포식자이기는 하지만 혹시 있을지도 모를 쥐의 반격에 대비하여 고양이 특유의 조심성을 발휘하고 있는 것이다. 쥐도 이빨이 있고, 고양이 턱은 그다지 크지가 않다. 쥐가 까무러치거나 기진할 때까지 작업하면서 나는 최후의 일격을 가할 기회를 노리는 것이다.

집사는 내가 쥐를 먹는 걸 보고 깜짝 놀랐단다. 놀라도 보통 놀란 게 아니고 충격적이었단다(야~ 수리~ 너 쥐 먹냐? 이놈이 쥐를 먹는구나~). 이 말은 나의 자존감에 돌이킬 수 없는 상처를 남겼다. 훌륭한 혈통의 후손인 냥작으로서는 결코 받아들이기 힘든 모욕적인 언사였다. 나는 집사가 진정 이런 말을 할 자격이 있는지 한번 따져보고 싶다. 사실 정말로 충격을 받은 건 나다. 내가 이 말은 안 하려고 했는데, 이제는 해야겠다. 이것은 내가 두 눈으로 직접 목격한 사건이다.

집사는 내가 쥐를 먹는 걸 보고 깜짝 놀랐단다. 놀라도 보통 놀란 게 아니라 충격적이었단다. 과연 집사가 진정 놀랄 자격이 있는지 한번 따져보아야 하겠다.

 하루는 집사 부부가 닭을 가지고 왔는데 놀랍게도 머리와 두 발이 없는 것이었다. 털도 하나도 없어 보기에도 끔찍했다. 그런데 그 닭을 그냥 먹는 것이 아니라 뱃속에 마늘과 대추, 찹쌀, 인삼을 채워 넣은 뒤 실로 꿰매고 냄비에 물을 부어 삶는 것이었다. 더 놀라운 것은 그 닭은 내장이 하나도 없었다. 부부는 닭의 뱃속에서 밥을 사이좋게 꺼내 먹고 인삼을 가지고 서로 양보하더니 아내가 입에 직접 넣어주자 집사는 못 이기는 척 먹는데, 흐뭇한 표정이었다. 닭살이 살짝 돋았다. 아내도 손가락에 묻은 국물을 쪽쪽 빨아 먹고 만족스러운 표정을 지었다. 얼굴에 죄책감이라고는 찾아볼 수 없었고 믿기지 않을 만큼 자연스러워 보였다. 도대체 닭의 머리와 털, 그리고 내장은 어디로 사라졌을까? 지들은 닭을 이렇게 엽기적으로 먹으면서 내가 정상적으로 쥐를 먹는 걸 보고 충격을 받았다니, 과연 이걸 단순히 문화의 차이라고 할 수 있을까? 집사는 올여름에 물회도 심심찮게 먹을 거면서 나더러 한 점 먹어보라고 권하지도 않을 거면서 어렵게 자급자족하는 나를 격려는 못 해줄망정 비아냥거리기나 하다니, 도대체 이럴 수는 없는 것이다.

그건 그렇고, 진실로 비난받아야 할 일은 음식을 버리는 것이다. 나는 상처받았다. 일전에 내가 우정으로 선물한 쥐와 두더지 한 세트를 집사는 내가 보는 앞에서 개똥 던지듯 휙 던져버렸다. 음식은 각자 기호가 다를 수도 있다. 먹기 싫으면 솔직히 안 좋아한다고 반품하면 되는 것 아닌가? 아무리 생각이 없다지만 먹는 음식을 휙 던져버리다니 도대체 이런 갑질을 해도 되는 건지 모르겠다. 요즘 세상이 어떤 세상인가? 재벌 3세가 물컵 하나 던지고 개망신당하는 세상 아닌가?

꽃을 좋아하는 고양이

고양이는 장난치기를 좋아한다. 그래서 반려동물 용품점에는 고양이를 위한 장난감이 아주 다양하게 진열되어 있다. 애완견을 위한 장난감은 몇 가지 안 보이고 죄다 고양이를 위한 것들이다. 고양이 장난감을 사러 간 적이 있는데 종류가 너무 많아 무엇을 골라야 할지 몰라 한참 망설였다. 그랬더니 주인이 요즘 잘 나간다는 (비싼) 걸로 하나 추천해 주었다. 애완 고양이 안내 서적에도 실내에서 생활하는 고양이는 일정 시간 집사가 장난감 같은 걸로 같이 놀아주라고 권하고 있다. 흥미를 유발하는 좋은 장난감이 있으면 더 좋기는 하겠지만 내 경험으로는 장난감을 굳이 돈을 주고 사지 않아도 된다. 고양이는 어떤 것도 장난감으로 만드는 재주가 있다. 포장 끈이나 종이 쪼가리 등등 아무거나 가지고도 찢어발기며 잘 논다.

실내에서 키우던 수리를 지난봄부터 마당으로 내보냈다. 농사철이 되어 집사인 내가 바깥에서 보내는 시간이 많으니 혼자 집 안에둘 수가 없었다. 거실에 있던 고양이 탑을 현관 입구 데크로 옮겨주고 마당에서 생활하게 했는데, 다행히 수리는 집에서 멀리 벗어나지 않았다. 고양이는 언젠가는 집을 나간다는 말을 들었지만 중성화 수술까지 한 수리가 그럴 것 같지는 않았다. 답답한 실내에 있다가 넓은 바깥세상으로 나간 수리는 물 만난 고기가 되었다. 돌담 위를 활주로처럼 질주하다 감나무 위로 날아오르고 모과나무 고목을 고양이 탑처럼 오르내렸다. 실내에서 생활할 때는 소파를 수시로 스크래치해서 망가뜨렸는데, 마당으로 내보내니 나무란 나무엔 다 흔적을남겼다.

수리는 사람에게 낯을 가리지 않기 때문에 집에 있는 개 두 마리(사랑이와 오디, 셔틀랜드 쉽독 모녀)와도 친구가 되면 좋겠다는 기대를 했지만 그렇게 되지는 않았다. 성장기를 같이 보내지 않은 고양이와 개는 개와 고양이 사이일 뿐이어서 오디가 가까이 다가오면수리는 앞발을 쳐들고 싫다는 의사표시를 확실히 했다.

　근데 어떤 때는 수리가 고양이가 맞나 싶을 때가 있다. 내가 감나무 과수원에 일하러 가면 강아지처럼 쫄랑쫄랑 따라다니고 심지어는 아내랑 저녁 산책을 나가면 밥 먹다가도 따라붙는다. 따라오지 못하게 야단을 쳐도 거리를 두고 슬금슬금 따라오면 어쩔 수가 없다. 시골 마당은 넓고 정원에는 화초들이 많아 꽃이 예쁘게 피면 나는 사진을 즐겨 찍는다. 그런데 내가 정원에서 꽃 사진을 찍으면 수리가 따라다니며 꽃을 배경으로 포즈를 취한다. 너무 자연스러워서

전속모델 같다. 수리가 데크 난간에서 장미 향기를 맡으며 찍은 사진들을 보면 영락없는 표지모델이다. 하지만 이런 사진들에 연출은 하나도 없었다. 수리는 말이 필요 없는 베테랑 모델인 것이다.

꽃을 좋아하는 수리에게 주어진 냥작이라는 작위는 정말 잘 어울린다. 만약 고양이를 주인공으로 하는 영화를 만든다면 수리는 단연 주연배우다. 수리는 옷도 잘 입었고 인물도 좋다. 호랑이 옷을 입은 수리가 하얀 장화를 신고 데크 위를 사뿐사뿐 걸으면 칸 영화제에서 잘생긴 주연배우가 레드카펫을 걷는 것 같다. 이건 절대 팔이 안으로 굽어서 하는 말이 아니다.

고양이는 꽃을 좋아한다?

수리

사람들에게 나 수리는 꽃을 좋아한다고 알려져 있다. 특히 집사의 SNS 친구들은 지리산 엄천골에 사는 수리라는 고양이가 향기로운 꽃을 좋아해서 백합이 필 때면 백합이 피는 돌담과 데크 난간에서 살다시피 하는 걸로 알고 있다. 내 코가 사람보다 수백 배 예민해서 향기로운 백합과 은은한 향의 장미는 물론이고, 사람들이 향을 느끼지 못하는 목마가렛, 비올라, 겹접시꽃 등등 대부분의 꽃을 좋아한다는 것이다. 내가 그런 고상한 고양이라는 것이다.

세상에나~ 내가 꿀을 빠는 벌도 아닌데, 꽃을 좋아한다고? 아무리 내가 작위를 가진 고귀한 냥작이라지만 말이다. 그래서 해본 팩

트 체크. 진실은 이렇다.

꽃을 좋아한다는 냥이의 진실, 오해는 집사가 SNS에 올린 사진에서 비롯되었다.

집사는 아침저녁 햇살이 좋을 때 정원에서 꽃 사진을 찍는다. 해가 중천에 있어 빛이 너무 강하면 사진이 잘 안 나오기 때문에 빛이 비스듬하고 야옹하게 비칠 때를 맞춰 꽃을 담는 것이다. 나는 하루 두 끼 먹는다. 그런데 우연히도 내 식사 시간이 집사가 정원에서 꽃 사진을 찍는 시간과 겹친다. 충직한 집사라면 당연 내 식사를 먼저 챙겨야 할 것이다. 나는 집사에게 나름 바쁘시겠지만 내 밥을 먼저 챙겨주고 사진을 찍든지 예술 활동을 하든지 할 일을 하는 것이 바람직하다고 말했다. 하지만 집사는 빛이 좋을 때 사진을 찍어야 한다고 고집을 부린다. 그러면 나는 항의의 표시로 밥을 줄 때까지 집사가 하는 일을 스토킹하는데, 이것이 카메라에 잡혀 내가 꽃을 좋아한다고 알려진 것이다.

세상에, 내가 벌도 아닌데, 무슨 얼어 죽을, 먹지도 못하는 꽃을 좋아한다고. 분명히 말하는데, 고양이는 꽃을 먹지 않는다. 나는 고등어나 참치를 좋아하고 냥이 사료를 먹는다. 그리고 가끔 운이 좋은 날은 미키마우스도 야옹한다.

성격이 무던한 집사는 내가 스토킹을 하든지 말든지 상관을 하

지 않기 때문에 나의 방해공작은 점점 노골적으로 된다. 그런데 나는 어쩌면 집사가 이 상황을 즐기고 있는 것이 아닌가 하는 의심이 들기도 한다(내가 알 수 없는 어떤 이유로 나의 방해공작을 조장하거나 유도하는 것이 아닐까?). 오늘도 데크 옆에 있는 백합 사진을 찍는 걸 내가 방해하며 "밥은 도대체 언제 줄 거냐"고 들이대었는데, 집사가 화를 내기는커녕 기다렸다는 듯 셔터를 누르는 것이다. "모야? 내가 모델이야? 시시한 짓 그만두고 고등어 캔이나 하나 따 보시지?" 했더니 집사는 "조금만 더~ 좋아 좋아~" 하며 아침 햇살 같은 미소를 짓고 즐거워한다.

    부디 오해가 풀리셨길 바란다. 냥이는 꽃향기를 즐기지 않는다. 하지만 냥이는 그 자체가 꽃이다. 꽃과 함께 사진을 찍으면 꽃은 배경으로 전락하고 냥이가 꽃이 된다. 물론 세상의 모든 냥이가 나처럼 아름다운 꽃은 아니다. 내가 한 송이 백합이라면 어느 길냥이는 들장미일 것이고, 또 어떤 뚱냥이는 호박꽃일 것이다.

냥이는 꽃향기를 즐기지 않는다. 하지만 냥이는 그 자체가 꽃이다.

서리랑 꼬리도 있음

넝쿨째 굴러온

서리와 꼬리

수리의 서리 이야기

  서리는 길냥이다. 서리는 가끔 나타나 내 밥을 서리해 먹는 걸 보고 집사가 붙여준 이름이다. 나쁜 뜻은 없다. 고양이가 서리를 하는 것은 생계를 위한 정상적인 직업 활동이기 때문이다. 사람들도 서리를 잘하는 냥이를 보면 감탄을 하지 절대 비난하지 않는다. '햐~ 고 녀석, 정말 솜씨가 좋네~ 내가 꺽지 큰 거 세 마리 구워 먹으려고 수 돗가에서 손질까지 다 해놓고 왕소금 가지러 간 사이에 감쪽같이 물어 가버렸네~' 이렇게 솜씨 좋은 냥이에게는 찬탄을 한다. 하지만 실수는 용납되지 않는다. 만일 어설프게 서리하다 들키기라도 하면 크게 웃음거리가 되고 조롱의 대상이 된다. 심지어는 입에 담지 못할

서리 너
서리 솜씨가 영
어설픈 것 같아.
이름값 해야지

쉬잇,
내 서리는 내가
알아서 해

욕지거리도 듣게 된다.

집사의 말에 의하면 사람들도 서리를 한다. 부모는 자식들이 서리를 잘할 수 있도록 시범을 보이고 가르치기도 한다. 훔치는 일을 몸으로 익혀 실력을 발휘하는 사람은 크게 칭찬을 받는다. 하지만 서리를 하다 잡히면 안 된다. 야구 선수는 잘 훔칠수록 능력 있는 사람으로 인정받는다. 방심한 틈을 노리고 기회는 찬스다 하며 2루, 3루 심지어는 홈도 훔친다. 정치인도 길냥이처럼 능숙한 솜씨로 양심을 훔치고 무슨 무슨 위원장이나 완장을 찬 지도자가 되지만, 어설픈 솜씨로 훔치다가 들통이 나면 뉴스에 오르내리고 개망신을 당하고 개처럼 묶여 주는 밥만 먹게 된다고 한다. 하지만 이건 아주 운이 나쁜 경우이고 대부분의 지도자는 솜씨가 좋고 달변이다. 어떤 지도자는 들통이 나도 의리 있는 동료 의원들의 지지와 도움을 받아 끝까지 부인하고 위기를 극복한다.

내가 보기에 서리는 솜씨가 없다. 서투른 솜씨로 서리하다가 여기저기서 조롱거리가 된 것 같다. 그것 때문에 서리는 외상후스트레스증후군에 걸려 지금 힘든 성장기를 보내고 있다. 집사는 서리가 보일 때마다 밥을 두 그릇 주는데, 서리는 웬만큼 배가 고프지 않으면 다가오지 않는다. 증상이 심한 것이다. 서리는 사람을 경계하고

고양이가
서리를 하는 건
생계를 위한 정상적인
직업 활동이라냥

멀리한다. 나는 서리에게 사람도 너처럼 서툰 서리꾼이 있지만 모두들 당당하게, 아니 오히려 더 잘먹고 잘살고 있다고 위로해 주었다. 그리고 용기를 내어 집사를 간택하라고 충고를 해주었는데, 서리는 안 좋은 기억을 떨치지 못한 채 골짜기를 떠돌고 있다.

그리고 이 말은 여담으로 하는 건데, 사실 위에 말한 소금구이하려다 사라진 꺽지 세 마리는 서리가 물어간 것이다. 집사도 짐작은 하고 있었다고 한다. 그런데 집사는 자신의 부주의로 일어난 일이라며 서리를 탓하지는 않았다. 수돗가에 맛난 꺽지 세 마리가 날 잡숴 줍쇼 하고 있는 데다 보는 사람이 아무도 없으니 어느 고양이가 사양하겠느냐는 것이다. 그리고 고백하자면, 사실은 나도 한 마리 얻어먹었다. 꺽지는 정말 맛있었다. 서리는 정말 좋은 것이다. 집사도 어린 시절 수박이나 살구 따위를 서리해 먹은 좋은 추억을 가지고 있다고 한다.

서리의 수리 이야기

서리

부러우면 지는 거라지만 어쩔 수가 없다. 수리는 귀족냥이다. 수리는 나와 같은 길냥이 출신이지만 BC(Before CatSuri) 1년 전 약관 3개월의 나이에 자수성가하여 냥작 작위를 받고 집사를 거느리게 되었다. 길냥이가 집사를 거느리는 귀족냥이가 되는 예가 없지는 않지만 결코 흔한 일이 아니다. 인간이란 원래 교활하고 신뢰할 수 없는 종족이기 때문에 아무런 이해관계가 없는 인간을 집사로 고용하고 보살펴주는 것이 결코 쉬운 일이 아니기 때문이다. 하지만 수리에게는 눈빛으로 사람을 복종시키는 특별한 기술이 있다. 내가 지켜본 바 수리는 눈으로 집사를 자유자재로 조종한

다. 입이 심심할 때 수리는 슬픈 눈을 치켜뜨며 냐옹~ 한다. 그러면 집사는 우왕좌왕하다가 츄르 1포를 대령한다. 이거 아무나 되는 게 아니다. 한번은 나도 수리의 집사에게 슬픈 눈을 뜨고 냐옹~ 했더니 "이 녀석이 왜 이리 시끄럽게 굴지? 밥 잘 얻어먹고?" 하며 핀잔만 주는 거다.

같은 치즈태비 기성복을 입었는데 수리는 정장을 입은 듯 빛이 나고 나는 후줄근한 추리닝을 입은 것 같다. 나는 걸을 때 어깨를 낮추고 좌우를 살피며 샤샤샥 걷는데, 수리는 꼬리를 빳빳하게 치켜세우고 앞을 보며 당당하게 걷는다. 나랑 수리가 같이 걸으면 영락없는 방자와 이몽룡이다.

몽룡이를 처음 만났던 날을 나는 똑똑히 기억하고 있다. 그날까지만 해도 나는 '한끼줍쇼' 출연냥으로 엄천골짝 이집 저집 대문을 두드렸다. 냥이 발에 땀이 나도록 걸었지만 출연료도 없는 힘든 보급투쟁의 나날이었다. 엄천골은 BC 67년 빨치산이 보급투쟁했던 고을로 알려져 있지만 나랑은 아무 관련이 없다. 나는 정치적 이데올로기와 무관한 그냥 '한끼줍쇼'였다. 그날 나는 골짜기의 어느 농가 앞마당에서 저녁을 먹고 있는 수리와 눈이 마주쳤는데, 처음엔 한참 갈등했다. 수리는 나와 똑같은 옷을 입고 있었지만 나보다 덩치가 확실히 크고 분명 힘도 세어 보였다. 괜히 어설프게 보급투쟁에 나섰다가 한방에 나가떨어질 수도 있었다. 하지만 나는 물러서지 않았다. 그때 나는 배를 긁어도 등이 시원할 정도였다. 눈앞에 밥이 있는데 포기할 수가 없어 구겨진 용기를 펴고 밥그릇을 향해 결연하게 나아갔다. 그런데 믿기 힘든 일이 일어났다.

수리는 기다렸다는 듯이 나에게 자기 밥을 양보하고 뒤로 물러서서 내가 허겁지겁 배를 채우고 빈 그릇을 싹싹 핥을 때까지 가만히 지켜보았다. 그리고 수리를 수발하고 있는 집사가 양손에 밥을 한 그릇씩 들고 나타났다. 한 그릇은 수리, 또 한 그릇은 나를 위한 것이었다. 비록 믿을 수 없는 인간이지만 호의를 거절할 수가 없어 또 한 그릇 먹었다. 하지만 경계를 풀지는 않았다. 모처럼 배를 채우고 떠나는데 수리가 나를 쫄쫄 따라왔다. 나는 무시하고 갈길을 가다 슬쩍 뒤돌아보았다. 얼핏 수리의 두 눈에 외로움의 촛불이 일렁이는 것이 보였다.

수리는 친구가 필요한 것이다. 하지만 유감스럽게도 나는 수리의 친구가 되어 한가하게 노닥거릴 형편이 되지 못한다. 길 위의 삶은 고단하다. 비록 요즘 내가 수리네 캐슬에서 밥을 먹은 덕분에 근육이 좀 붙기는 했지만 인간이란 언제 배신할지 모르는 종족이기 때문에 나는 항상 긴장해야 한다. 삶은 수리수리마수리가 아닌 것이다.

전략적 동반자

아이쿠 깜짝이야! 늦은 밤에 덕장에서 곶감을 포장하고 있는데 바깥에서 무시무시한 소리가 들렸다. 후다닥 나가보니 길냥이 서리가 밥 달라고 소리를 지르고 있다. 덕장 안에서 일하느라 몰랐는데 이 녀석이 오랫동안 기다리다 화가 나서 소리를 크게 지른 모양이었다. 그런데 혼자 온 게 아니다. 뒤에 조그만 새끼 고양이가 한 마리 따라와서 같이 울고 있다(서리는 수컷으로 알고 있는데 도대체 어떻게 새끼를 달고 왔지?). 어쨌든 사료를 주니 서리가 기특하게도 어린 고양이를 먼저 먹이고 남은 걸 허겁지겁 먹는다. 근데 저 고양이 새끼는 갑자기 어디서 온 거지?

길냥이 서리는 지금은 뚱냥이가 되었지만, 지난봄 처음 수리 밥을 서리하러 왔을 때만 해도 등이 철사처럼 가늘었다. 데크에 있는 수리 밥을 몰래 먹다가 나를 보고 후다닥 도망가는 걸 내가 서리라는 이름을 지어주고 매일 밥을 챙겨 주었더니 이제는 하루 두 번 아침저녁으로 꼭꼭 밥 먹으러 온다. 잠은 어디서 자는지 모른다. 시골엔 빈집이 많으니 어느 빈집에서 자는 건지 아니면 내가 엊그제 본 어느 길냥이처럼 소 축사 짚단 속에 들어가서 자는지 모른다(엊그제 저녁 집으로 올라오다가 처음 보는 어린 길냥이 한 마리가 소 축사 짚단 속으로 쏘옥 들어가는 걸 보았다. 따뜻한 짚더미에 구멍을 내어 안락한 숙소를 만든 것이다). 어쨌든 서리는 아침저녁으로 밥때가 되면 어김없이 와서 먹고 가버린다. 어떤 때는 새벽부터 현관 앞에서 밥 줄 때까지 앵앵거리며 잠을 깨우기도 한다. 그런데 딱 거기까지다. 밥만 얻어먹고 뒤도 안 돌아보고 가버리는 녀석이 나는 상당히 유감스럽다(야~ 밥값 해야지~ 그냥 가면 어떡해~). 그래도 처음엔 사료를 주고 내가 안 보여야 살금살금 와서 밥을 먹고 후다닥 갔는데, 이제는 밥 먹을 때 내가 앞에서 쭈그리고 앉아 있어도 도망가지는 않는다. 그렇다고 아직 나를 완전히 믿는 것은 아니어서 밥을 먹으며 힐끔힐끔 눈치를 본다(내가 이 인간을 믿어도 될까? 겉보기엔 착해 보이긴 하지만 인간이란 워낙 믿을 수가 없어서리 말이야. 세상에 믿을 놈 하나도 없다는 속담도 있다지 않아?).

길냥이 출신 수리는 지금은 집냥이 뚱냥이가 되었지만 지지난 가을 산책길에서 처음 만났을 때만 해도 등이 철사처럼 가늘었다. 어린 수리는 처음 보는 나에게 겁도 없이 온몸을 치대며 엉겨 붙었다. 나는 이런 일이 처음이라 얼떨떨하기도 했지만 내심 기뻤다. 내가 만난 길냥이는 하나같이 슬금슬금 피했는데, 이 녀석은 어찌 된 영문인지 마치 백 년 만에 만난 애인처럼 나에게 왈칵 안기는 것이다. 나는 심쿵해서 녀석을 집에 데리고 와서 밥을 먹이다 보니 지금은 가족이 되었다.

우리 집에서 밥을 먹는 두 마리 고양이 서리와 수리는 별로 친하지 않다. 서열로 보면 서리가 위다. 수리가 밥을 먹고 있을 때 서리가 다가오면 수리는 뒤로 물러선다. 서리의 얼굴 한쪽에 있는 큰 흉터는 영역싸움에서 받은 훈장처럼 번쩍인다. 울음소리도 서리랑 비교된다. 수리는 고운 카운터 테너인데 서리는 우렁찬 테너다. 둘은 친하지는 않지만 전략적 동반자다. 시골에는 길냥이가 많은데 각자의 영역이 있다. 서리는 자신의 영역을 다른 고양이가 침범하는 것을 절대 허락하지 않는다. 수리와 서리는 한국과 일본처럼 전략적 동반자이지만 서로 좋아하지는 않는다.

고양이 겨울주택

진국

 아내가 집을 2층으로 증축해야겠다고 한다. 아니 지금 사는 집도 부부가 살기에는 충분히 넓은데 도대체 무슨 소린가 싶어 깜짝 놀랐다. 그런데 우리 사는 집 얘기가 아니고 현관에서 자는 고양이 수리의 겨울주택을 증축하겠다고 해서 즐겁게 웃었다.

 평소 현관 앞 데크에 있던 수리의 집을 올겨울엔 현관 안으로 들이고 춥지 않게 헌 옷으로 보온을 해주었다. 바깥출입을 자유롭게 할 수 있도록 현관문에 작은 개구멍을 내고 소 혓바닥만 한 출입문을 달았는데, 지리산 자락이 놀이터인 반야생의 수리가 적응을 잘 해주어 모든 것이 만족스러웠다. 그런데 우리 집에 아침저녁으로 하루 두 끼 밥만 얻어먹고 가는 길냥이 서리가 그 개구멍으로 살그머니 들어와 수리 밥을 먹는 일이 잦아졌다. 한번은 수리에게 간식으로 삼겹살을 조금 주었는데 어떻게 냄새를 맡고 왔는지 서리가 개구멍으로 들어와 수리를 밀쳐내고 먹다가 중문을 여니 후다닥 개구멍으로 달아나는 것이었다(이놈아~ 기왕 용기를 내어 들어왔으면 맛있게 먹고나 갈 것이지…).

수리가 가끔 맛있는 걸 먹는다는 걸 눈치챈 서리가 개구멍으로 들락거리기 시작한 게 한 달쯤 되었나 보다. 첨엔 이 녀석이 하도 동작이 빨라 현관에서 직접 볼 수는 없었다. 중문 근처에 사람 발자국 소리만 나면 이 녀석이 바람과 함께 사라져버리기 때문에 무엇인가가 들어왔다가 나갔다고 짐작만 할 뿐이었다. 중문을 열면 개구멍 출입문이 털럭하고 흔들리는 것을 보아 그렇게 짐작하는 것인데, 그야말로 심증은 있지만 물증은 없었다.

한번은 조심쟁이 서리가 현관에 들어와 있는 걸 목격하고 싶은 마음에 고양이 발걸음보다 더 조심스레 살금살금 다가갔다. 녀석이 현관에 들어와 수리 밥을 먹는 기척이 느껴졌다. 장난기가 발동해 터지는 웃음을 참고 소리 없이 다가가 문을 왈칵 열었는데, 서리의

주의력은 한 수 위였다. 내가 중문에 손을 대는 순간 녀석은 이미 개구멍을 통과했고, 문을 왈칵 여는 순간 녀석은 마당을 가로질러 돌담 위로 올라갔다. 내가 '너냐? 너 들어왔었지?' 하고 현관문을 열고 뒤쫓아 나가니 녀석은 앞마당 장독 위에서 하늘을 보며 시치미를 떼고 있었다.

그런데 그렇게 잽싸던 서리의 동작이 둔해졌다. 그야말로 바람처럼 사라지던 녀석이었는데, 언제부턴가 개구멍으로 빠져나가며 꼬리를 (의도적으로) 살짝 보여주더니 차츰 엉덩이까지 보여주었다. 마치 나 잡아봐라~ 하는 것 같았다. 그리고 어제는 도망을 가지 않고 현관 안에서 나를 빤히 쳐다보며 냐아옹~ 하는 것이다. '나 여기서 살아도 될까요?' 하고 물어보는 것 같았다.

아내가 수리의 집을 2층으로 증축하겠다는 건 서리의 방을 만들어주겠다는 거다. 훌륭한 고양이 집 건축가인 아내는 종이 박스를 재단하고 헌 옷을 덧씌워 고양이 집을 2층으로 뚝딱 증축했다.

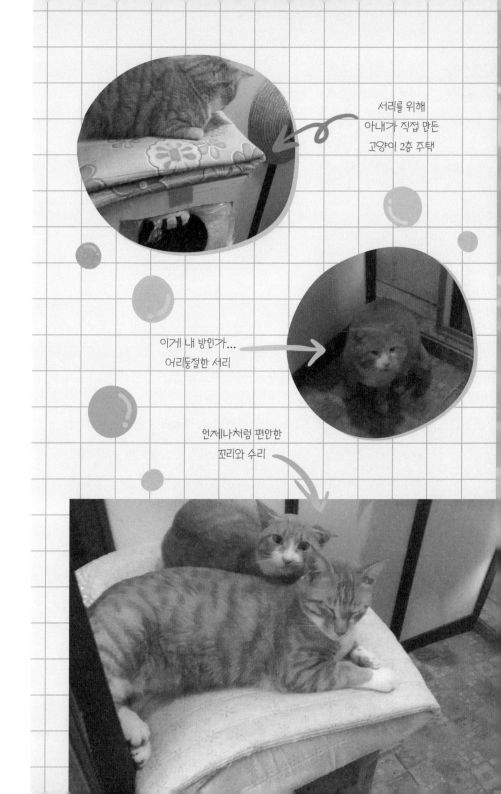

서리를 위해
아내가 직접 만든
고양이 2층 주택

이게 내 방인가...
어리둥절한 서리

언제나처럼 편안한
꼬리와 수리

길냥이 길들이기

지난여름부터 하루 두 번 밥만 얻어먹고 사라지던 길냥이 서리가 달라졌다. 그동안 녀석은 경계를 하며 조심스레 눈칫밥만 먹고 뒤도 돌아보지 않고 가버렸다. 한마디로 보급투쟁하는 거 같아 살짝 괘씸했다. 한편으로 나는 녀석이 어디서 잠을 자는지 궁금하기도 해서 몇 번 사라지는 녀석의 뒤를 밟아본 적도 있는데 눈치 빠른 녀석의 걸음이 더 빨라 따라잡을 수가 없었다. 하루 이틀도 아니고 반년이 넘도록 밥을 얻어먹었으면 하다못해 꼬리라도 한번 흔들어주든지 아님 등이라도 한번 쓰다듬어 보게 해주는 게 도리일 것이다. 아무리 짐승이지만 말이다. 하지만 유감스럽게도 녀석은 좀처럼 나에게 곁을 주지 않았다.

그런 서리가 어찌 된 일인지 요즘 내가 사료 그릇을 들고 나오면 내 발목에 머리와 등을 슬그머니 비벼댄다. 그리고 그동안은 현관 앞 데크에서 각설이 타령을 했는데 이제는 개구멍을 통해 현관에까지 밀고 들어와 밥을 달라고 한다. 오늘 아침에도 밥그릇을 들고 나갔더니 내 발목에 목덜미를 비비며 친분을 과시했다. 나는 사료를 주며 녀석의 등을 은근슬쩍 건드려보았다. 녀석은 나의 손길에 깜짝 놀라 뒤로 물러서더니 잠시 후 아무 일도 없었다는 듯 다시 그릇에 머리를 박고 웅얼웅얼 소리를 내며 맛있게 밥을 먹었다.

서리라는 이름은 수리 밥을 서리해 먹는 걸 보고 지어준 거다. 길 냥이 서리는 여러모로 집냥이 수리와 비교가 된다. 수리도 처음엔 길냥이었지만 길에서 만나는 첫 순간부터 서슴없이 나에게 다가와 내 발목에 착 엉겨 붙었다. 마치 오랜 친구를 만나기라도 한 듯했다. 그런데 서리는 내가 매일 하루 두세 번 밥을 주며 정성을 들인 지 거의 8개월 만에야 겨우 내 발목에 목덜미를 비볐다.

둘은 외모도 눈에 띄게 비교가 된다. 둘 다 치즈태비라는 멋진 기성복을 입었고 둘 다 수컷이지만 수리는 귀공자처럼 곱상하고 목소리도 미성의 카운터 테너인데 반해 서리는 허스키하고 우렁찬 정통 테너다. 수리는 배가 고프면 고개를 치켜들고 아름다운 카운터 테너로 '먹게 하소서'를 노래하는데, 서리는 목에 힘을 주고 조폭이 힘없는 업주를 협박하듯 어훙거린다.

모르는 사람은 내가 이렇게 얘기하면 서리를 차별한다고 생각할 수도 있을 것이다. 하지만 결코 그렇지 않다. 외모가 다는 아니겠지만 서리는 확실히 거칠게 생겼다. 어떤 날은 얼굴에 피를 뚝뚝 흘리며 밥을 먹으러 오기도 해서 나를 놀래킨다. 영역투쟁을 하다가 상처를 입은 모양인데, 손길을 허락하지 않으니 치료를 해줄 수도 없고 난감하다. 한번은 얼굴에 상처가 제법 깊은데 병원에 데려갈 수가 없어 걱정을 했다. 하지만 다행히 지연치유가 되고 털이 덮여 지금은 표시가 나지 않는다.

어쨌든 전향적인 서리 때문에 나는 요즘 살짝 고무되어 있다. 아내에게 서리가 발목에 목덜미를 비비더라고 이야기를 했더니 아내는 아랫입술을 쑤욱 내밀고 "좋기도 하시겠수~" 하고 놀린다. 나도 모르게 우쭐했던 모양이다. 좀 부끄럽기는 하지만 부정하지는 않겠다. 고백하건대 나는 요즘 서리 때문에 기분이 좋다.

피카츄를 닮은
귀여운 얼굴은 꼬리

여유로운 분위기의
귀공자 얼굴은 수리

꼬리를 소개합니다

진국

　최근 우리 집에 밥 얻어먹으러 오는 어린 길냥이가 한 마리 새로 생겼다. 8개월째 우리 집에 출근하는 길냥이 서리의 꼬리를 잡고 온다고 꼬리라는 이름을 지어주었다. 어린 치즈태빈데 얼굴이 피카츄를 닮아 귀엽다. 한 번 만져보고 싶은데 어찌나 경계를 하는지 스무 걸음 이내의 접근을 허락하지 않는다. 배가 고파서 밥은 얻어먹지만 인간들이란 도대체 믿을 수가 없다는 것이다. 하지만 꼬리를 원망할 수는 없다. 실제로 이 세상에는 패악질을 밥 먹듯 하는 악마구리들이 수두룩하다. 인간들이란 아무리 조심해도 지나치지 않는 것이다. 그리고 이것은 실제 상황인데, 오늘 얼굴이 정말 인간처럼 생긴 악마가 뉴스에 나왔다. 텔레그램이라는 사이버 공간에서 26만 명이나 되는 무리를 이끌고 패악질을 하다가 잡혔다고 한다.

　꼬리는 서리를 따라다닌다. 서리도 8개월쯤 전 우리 집에 처음 나타났을 때는 꼬리처럼 경계가 심해서 밥은 얻어먹되 곁은 절대로 주지 않았다. 아주 최근에야 무장을 해제했고 그 후 화해와 우정의 표시로 내 다리에 목덜미를 비벼대더니 오늘은 아예 발라당 누워 애교까지 부린다. 솔직히 서리는 외모가 좀 험상궂게 생겼는데, 그런 녀석이 애교를 부리니 더 귀엽다.

　꼬리가 서리를 따라 밥 먹으러 온 건 불과 며칠 전이다. 서리가 밥달라고 냐옹냐옹 해서 밥을 주고 집에 들어가다가 느낌이 이상해서 뒤돌아보니 처음 보는 어린 냥이가 대신 밥을 먹고 있고 서리는 옆에서 지켜보고 있는 거다. 그것이 알고 싶었다. 저 녀석은 누구지? 둘은 어떤 관계지? 꼬리가 만약 서리가 낳은 어린 새끼라면 상황이 쉽게 납득이 간다. 하지만 서리는 사타구니에 큼직한 방울을 두 개나 달고 다니니 꼬리의 어미가 아닌 것은 분명하다. 둘은 길에서 오다가다 만난 사이 같은데 서리가 자기도 배가 고플 텐데 양보하고 먼저 먹이는 걸 보니 묘하다. 꼬리가 다 자란 암컷이라면 그럴 수도 있겠지만 꼬리는 아직 어리다. 수컷의 관심을 받기에는 너무 어려

서리

수리

꼬리

보인다.

　나는 서리가 성자처럼 보였다. 고양이가 어떻게 저럴 수가 있지?
그 뒤로 서리는 꼬리를 데리고 다니며 뭔가 중요한 것을 가르치는
것 같았다. 서리가 밥 달라고 냐옹냐옹하면 어딘가 잘 안 보이는 곳
에서 꼬리도 따라서 냐옹냐옹 가냘프게 운다. 내가 밥을 한 그릇만
담아놓으면 꼬리가 밥을 먹고 서리는 옆에서 지켜본다. 그리고 내가
밥을 두 그릇 담아 놓으면 나란히 밥을 먹는다.

　수리가 하룻저녁에 갸르릉 테라피로 자수성가하여 냥작의 작위
를 얻었다면, 서리는 선행으로 성자의 반열에 올랐다. 성 베드로처
럼 성 서리라고 불릴 만하지만 실제로 그렇게 부르지는 않겠다. 물
론 나는 아니라고 보지만 좀 더 두고 볼 필요는 있다. 나이 차이가
많이 나는 짝꿍일 수도 있기 때문이다. 꼬리가 아직 어리긴 하지만
언제 우아하고 앙큼한 암고양이로 변신할지는 모르는 일이다.

꼬리 이야기

진국

이 글은 내가 오랫동안 의심해 온 서리와 꼬리의 혈연에 관한 이야기다. 그동안 '혹시 그런 게 아닐까? 에이~ 설마 아니겠지?' 하고 생각이 오락가락했었는데, 오늘 문득 그럴지도 모른다는 생각이 번쩍 들어 퍼즐을 맞춰본다.

이게 두 달째 이어지는 긴 장마에 내가 심심해서 지어낸 이야기는 결코 아니지만 사실이 아닐 수도 있다. 확실하게 하려면 서리와 꼬리의 유전자 검사를 해봐야겠지만, 아무리 그게 궁금하다 해도 현실적으론 내가 유전자 검사기관에 돈을 보낼 리가 없겠기에 확인은

불가능하다.

　지난봄이었다. 어느 날 저녁 아내랑 산책 중에 태어난 지 얼마 안
된 어린 고양이를 보았다. 고개 넘어 강둑길을 지나 다시 마을로 헐떡
거리며 올라오던 참이었다. 근데 얼핏 보니 그 어린 고양이가 조그만
쥐를 물고 있었다. "아~ 신기하다~ 저 어린 것이 쥐를 잡았네~" 아직
젖을 먹어야 할 것 같은 어린 것이 어떻게 쥐를 잡았을까 싶어 신기해
하는데 마침 근처에 어미로 보이는 고양이가 보였다. 어미는 새끼랑
입은 옷은 달랐지만 신랑이 만일 우리 집에 밥 먹으러 오는 길냥이 서
리였다면 이야기는 성립이 된다. 어미 고양이가 쥐를 잡아 새끼를 먹

이고 있었던 것이다. 그런데 그 어미 고양이도 영양 상태가 안 좋은 듯 왜소하고 허약해 보였다.

고양이가 새끼를 한 마리만 낳는 경우는 드물다. 하지만 한 마리밖에 안 보이는 걸 보니 열악한 환경에서 다른 새끼들은 살아남지 못한 것 같았다. 작은 쥐를 물고 있는 새끼도 한눈에도 허약해 보였다. 새끼는 물고 있는 쥐를 제대로 먹지도 못하는 것 같았다. 젖을 먹든지 사료도 불린 걸 먹어야 할 것 같은데, 어쨌든 어미가 주는 대로 쥐라도 먹어보려고 애를 쓰고 있었다. 한동안 지켜보다가 "나비야~" 하고 부르며 다가갔더니 새끼는 쥐를 대롱대롱 물고 콩밭으로 스며들었다.

아내는 어린 고양이가 눈에 밟힌다며 다음 날부터 산책할 때 사료를 한 봉지 들고 다녔다. 그 어린 새끼를 다시 만나면 먹이려고 사료 봉지를 계속 들고 다녔는데, 유감스럽게도 그 뒤로는 한 번도 만나지 못했다. 그리고 그 일은 까맣게 잊어버렸다.

몇 달이 지난 초여름이었다. 우리 집에서 매일 밥 도장을 찍는 길냥이 서리가 자기를 닮은 어린 고양이를 한 마리 데리고 왔을 때 나는 서리가 숨겨놓은 새끼를 데려온 건가 생각했다. 그런데 고양이 수컷이 새끼를 양육하는 것은 보지 못했기 때문에 '설마? 아니겠지?' 하고 말았다. 어쨌든 서리는 새끼를 데리고 밥을 먹으러 왔는데, 내

가 사료를 부어주면 어린 것을 먼저 먹이고 남은 걸 자기가 먹었다. 처음엔 암고양이라서 데리고 다니는 것이 아닌가 의심했는데, 뒤를 살펴보니 방울이 달려 있었다. 그걸 보고 나는 서리가 자기 새끼를 데리고 왔다는 합리적인 의심을 한 것이다.

길냥이의 세계에도 영역이 있다. 내가 살고 있는 엄천골짝은 서리의 영역이다. 골짝 여기저기서 서리가 보인다. 그래서 엄천골에서 태어나는 고양이 새끼의 상당수는 서리의 자손일지도 모른다. 어쩌면 대부분일 수도 있겠다. 내가 그렇게 생각하는 데는 나름 근거가 있다. 서리의 얼굴을 보면 일단 조폭이 연상된다. 멋있어야 할 수염 절반이 부러져 있고 볼때기 오른쪽 왼쪽 다 큰 흉터가 있다. 서리는 하루 두세 번 우리 집에서 밥 도장을 꼭꼭 찍고 있으니 보급투쟁 중 생긴 상처는 아니다. 먹거리가 보장된 수고양이 얼굴에 피가 마를 날이 없는 이유는 단 한 가지, 더 많은 후손을 남기기 위해 경쟁자들과 투쟁하다 생긴 훈장인 것이다. 서리 볼 양쪽에는 크고 깊은 상처가 무공훈장처럼 새겨져 있다.

서리는 항상 바쁘다. 마치 폭풍 성장 중인 직장에라도 다니는 것 같다. 잠은 어디서 자는지 모르겠다. 골짝 여기저기서 바쁜 걸음으로 돌아다니는 모습이 수시로 목격되는데, 우리 집에 하루 두세 번 오는 것은 마치 구내식당에 밥 먹으러 오는 것 같다. 엄천골짝에 거주하는 모든 암고양이의 임신에 관여하려면 몸이 열두 개라도 모자랄 것이다.

그래서 문득 지난봄에 길에서 보았던 그 어린 녀석이 꼬리였을 수도 있겠다는 생각이 든 것이다. 어쩌면 그때 보았던 어미 고양이가 일을 당했고 부냥이 서리가 이어서 키웠다면 서리가 꼬리를 (심청이처럼) 데리고 다니며 사료를 얻어먹여 키운 게 말이 되는 것이다. 시기도 딱딱 맞아떨어진다.

서리가 데려온 어린 것은 서리의 꼬리를 잡고 왔다고 꼬리라는 이름을 지어주었다. 지금은 꼬리도 많이 자랐고 더 이상 서리의 꼬리를 잡고 다니지는 않는다. 요즘은 수리랑 절친이 되어 둘이 죽고 못 산다.

길냥이가 집냥이가 되느냐 아니면 영원한 길냥이로 남느냐는 전적으로 냥이 자신에게 달려 있다. 수리는 길에서 처음 만났을 때 마치 집냥이가 되기로 작정한 것처럼 다가왔다. 냐옹~ 하고 내 발목에 착 달라붙어 목덜미를 비벼댄 게 다지만 올려다보는 간절한 눈빛은 고백성사라도 하는 듯했다. 여전히 길냥이인 꼬리와 서리는 인간이란 원래 믿을 수가 없는 종족이니 그깟 밥 좀 얻어먹는다고 마음까지 줄 필요는 없다고 생각하고 있음에 틀림없다.

오늘은 아침에 현관문을 여니 수리와 꼬리가 현관 앞에서 아침 식사를 기다리고 있는데 갑자기 꼬리가 나를 보고 하악질을 두 번 하더니 빈 밥그릇 앞으로 다가섰다. 하지만 꼬리의 하악질에 악의는 없었다. 내가 이렇게 용감한 고양이니 조심하고 순순히 밥을 내놓으라는 것이다. 마치 연극배우가 거울을 보고 어설프게 연습하는 것 같았다.

나는 장난기가 발동해서 "그래, 밥 줄게~ 꼬리야~" 하고는 밥을 현관 안쪽에 부어놓고 문을 닫았다. 수리는 즉시 개구멍으로 들어왔고, 꼬리가 들어오는지 지켜보니 "자존심은 좀 상하지만 목구멍이 포도청이야" 하며 쭈뼛쭈뼛 들어와 수리가 먹는 밥그릇에 머리를 들이밀었다. "그래, 꼬리야~ 너는 정말 용감한 고양이구나. 어디 가도 밥은 굶지 않겠어~ 많이 먹어라~ 오늘 읍에 나갈 때 캔도 몇 개 사올게~" 하고 놀려주었다.

만일 꼬리가 지난봄 산책길에서 보았던 그 어린 녀석이 맞다면 한동안 사료 봉지를 들고 다녔던 아내의 정성이 결코 헛되지는 않았다는 생각이 든다.

서리의 훈장

진국

하루 두세 번 밥 도장을 꼭꼭 찍고 가는 길냥이 서리가 오늘 아침
엔 지각을 했다. 무슨 바쁜 일이 있었는지 뒤늦게 와서 밥을 달라고
냐옹냐옹한다. "알았써~ 알았써~" 하고 사료를 한 그릇 내어주니 맛
있게 먹는다. 먹다가 잠시 내 발목에 목덜미를 몇 번 비벼주고는 다
시 앙앙 소리를 내며 우적우적 먹는다. 서리는 처음엔 밥만 먹고 뒤
도 안 돌아보고 가는 녀석이었다. 수리 밥을 서리해 먹는다고 돌림
자를 써서 서리라고 불렀는데, 이젠 제법 인사치레도 한다. 요즘 냥
이 털이 많이 빠지는 시기라 녀석이 목덜미를 비벼대면 내 옷에 꼬
질꼬질한 털이 많이 묻지만 호의로 내미는 손을 잡아주지 않을 수는

없다. 서리는 잠을 어디서 자는지 석탄 캐는 광부 같다. 시골에 빈집이 많으니 아궁이 속에서 자는지도 모를 일이다.

지리산 자락 외진 우리 집에 길냥이 서리가 나타난 건 지난해 여름이었다. 정원에 장미와 겹접시꽃이 절정이었으니 유월 초순이었을 것이다. 돌담을 따라 분홍 겹접시꽃이 뚝뚝 떨어지고 있었다. 서리는 첫인상이 길냥이의 고단한 삶이 만져질 정도로 왜소해 보였다. 영양부족이었다. 등가죽은 아부지 옷을 빌려 입은 양 쭈글쭈글하고 등줄기를 따라 뼈가 도드라져 보였다. 살이 거의 없었다. 마침 현관 앞 데크에서 수리가 밥을 먹고 있었는데 서슴없이 다가오더니 쓰윽 밀치고 우적우적 먹었다. 나는 가까이 가면 도망칠까 봐 방해가 되지 않게 멀리서 지켜보았고, 수리도 엉덩이를 붙이고 허겁지겁 먹는

서리는 처음엔 밥만 먹고 뒤도 안 돌아보고 가는 녀석이었다.

인간 집사는 엄천 골의 영웅에게 식사를 제공하는 걸 가문의 영광으로 여기쇼

서리를 가만히 지켜보았다. 개죽사발처럼 싹싹 핥아먹은 서리는 지체없이 돌담을 넘어 사라졌다. "근데 너 누구니?" 하며 수리가 슬금슬금 따라갔지만 서리는 뒤도 안 돌아보고 사라졌다.

왜소와 앙상을 그림으로 그린 것 같던 서리가 꾸준히 밥 도장을 찍더니 어느 순간 더 이상 허약해 보이지는 않게 되었다. 그래도 정상이라고 할 만한 체격까지는 아니었다. 서리는 하루도 빠지지 않고 겨우내 눈이 오나 바람이 부나 꾸준히 왔다. 이렇게 성실한 녀석이 공부를 했으면 서울대 의대라도 합격했을 거다. 그런데 하루는 서리가 피를 뚝뚝 흘리며 와서 깜짝 놀랐다. 마당에 핀 노란 민들레 위에 붉은 피가 뚝뚝 떨어졌으니 초봄이었을 것이다. 지금도 그렇지만 그때도 서리는 자기 몸을 만지는 걸 허락하지 않았기 때문에 상처가 아무리 심해도 병원에 데려갈 수가 없었다. 내가 빨간약도 발라줄 수가 없었다. 어쩔 수 없이 밥만 먹이고 지켜볼 수밖에 없었는데, 다행히 상처는 덧나지 않고 차츰 아물었다. 그런데 상처가 아물만 하면 또 반대쪽에 피를 철철 흘리며 왔다. 결국 아물기는 하지만 털이 빠진 자리에 생긴 깊은 흉터는 험상궂어 보인다.

서리의 상처는 우연히 생긴 것이 아니다. 지금 와서 종합적으로 판단해서 내린 결론인데, 서리는 영역을 지키기 위해 싸우다 부상을 당했고 아직도 박이 터지도록 싸우고 있다. 그럼 영역 안에서 무엇을 지키기 위해서일까? 답은 한 가지, 서리는 영역 안에 있는 모든 암고양이를 비열한 불량 수고양이들로부터 지켜주려는 것이다. 짐작하건대 엄천골짝에서 올봄에 태어난 냥이의 상당수는 서리의 자손일지도 모른다. 서리가 비록 남의 집에 밥을 얻어먹고 다니지만 엄천골짝 냥이의 세계에서는 리더일지도 모른다. 조직의 리더가 되기엔 나폴레옹처럼 사이즈가 좀 작긴 하지만 불굴의 정신으로 싸워 골짝의 평화를 지키고 있는 영웅일지도 모른다. 양 볼때기에 빛나는 무공훈장은 그걸 말해 주고 있다.

냥이는

사 냥한 다

수리와 참새 1

진국

    아침에 현관 중문을 열던 아내가 비명을 지른다. 소리의 강도로 보아 신발에 뱀이 똬리를 틀고 있었거나 뱀만 한 지네가 나타났을 거란 판단이 들었다. 나는 손에 잡히는 대로 때려잡을 것을 하나 들고(파리채로 뱀은커녕 지네도 잡을 수는 없지만) 후다닥 달려가 보니 고양이 밥그릇 옆에 참새가 한 마리 누워 있고 새털이 어지러이 흩어져 있다.

    "수리야~ 수리 어딨니?" 아내가 수리를 찾는다. 수리가 며칠째 열이 내리지 않고 밥을 잘 먹지 않아 어제저녁엔 (아내가) 현관에 재웠다(현관문만 열려 있으면 수리는 방충망 아래로 머리를 들이밀고 들락거린다). 그런데 어찌 된 일인지 수리는 안 보이고 수리가 누워 있어야 할 자리에 참새 한 마리가 누워 있다. "수리가 참새를 잡아놓았네~" 하니 아내 생각은 다르다. 다른 고양이가 물어다 놓았을 거라고 한다. 수리가 요즘 며칠째 아파 밥도 제대로 못 먹고 힘이 없을 테니 수리가 한 짓이 아니라는 거다. 어제저녁에 밥 얻어먹으러 왔던 길냥이 소행일 거란다. 내가 보기엔 수리 짓이 틀림없어 보이는데 아내는 착한 수리가 그랬다고 믿고 싶지 않은 모양이다. 어제저

안녕하세요?
여기 참새 잡은
냥이가 있다고 해서
와봤는데요

녁에 보았던 (낯을 가리는) 길냥이가 참새를 잡은 뒤 (용기를 내어) 현관 방충망 아래로 밀고 들어와 새털이 어지럽게 날리도록 밤새 '난리 부르스'를 추다가 날이 밝자 홀연히 사라졌다고 주장하고 싶은 것이다.

사실 수리는 며칠 전 진주에 있는 동물병원에 다녀왔다. 진찰을 해보니 미열이 있어 혈관주사와 피하주사를 한 대씩 맞고 나흘 치 약을 처방받았다. 고양이는 혈관주사를 맞히기가 쉽지 않다는데 수리는 온순해서 수의사가 두 번의 시도 끝에 성공했다. 첫 번째는 수리 이빨이 수의사 손끝에서 딱 소리를 내었는데 하마터면 피를 볼 뻔했다. 다행히 수의사가 더 빨리 도망가는 바람에 위기를 넘기고, 두 번째 내가 수리 목덜미와 턱을 제압한 뒤(벌벌 떨며) 앞발에 혈관 주사를 놓을 수 있었다. 효과가 빠르다는 혈관주사 덕분인지 그날은 조금 회복된 것 같았지만 열은 좀처럼 내리지 않고 활력이 없어 보였다. 어제저녁까지만 해도 사료를 먹는 둥 마는 둥 했고 널브러져 잠만 잤다. 그런데 오늘 아침에는 어제 준 사료 그릇이 깨끗하게 비어 있고 옆에 참새도 한 마리 누워 있다.

요즘 앞마당 능소화에 참새가 떼로 날아와 미국선녀벌레와 파티를 한다. 능소화는 내 방 창문 바로 앞에 있어서 이 장면을 나는 매

일 본다. 능소화 꽃대에 하얀 선녀벌레가 오글오글 앉아 있으면 참
새 한 마리가 달려들고 벌레들은 일제히 하얀 포물선을 그리며 땅으
로 피신한다. 그러면 지켜보고 있던 다른 참새들이 쫓아가 쪼아 먹
는다. 한밤중에 이 배부른 참새 한 마리가 (심증은 있으나 물증이 없
는) 어느 고양이의 기습을 받아 변을 당한 것이다.

수리와 참새 2

연쇄 사건이 발생했다. 엊그제 초복 날 아침 현관에 누워 있는 참새 한 마리가 아내를 놀라게 했는데, 오늘 아침 같은 장소에서 같은 사건이 또 일어났다. 나는 엊그제 참새 사건의 진범으로 수리를 지목했고, 아내는 길냥이 서리를 의심했다. 심증은 있지만 물증이 없는 사건이라 자칫 미궁에 빠질 참이었는데, 오늘 같은 사건이 다시 발생한 것이다. 이번에는 아내와 나의 의견이 일치했다. 수리는 확실한 알리바이가 있어 용의선상에서 제외되었고, 서리가 진범으로 지목되었다.

사건 개요는 이렇다. 밤새 현관에서 잠을 잔 수리를 아침에 바깥으로 내보낸 지 얼마 되지 않았는데 현관문 앞에 누군가가 참새를 던져 놓은 것을 아내가 목격했다. 그리고 잠시 후 서리가 나타난 것이다. "이것은 어제저녁을 얻어먹은 것에 대한 감사와 우정의 표시로 주는 선물이오~" 서리는 그냥 냐옹했지만 분명 그런 의미였다. 그리고 돌아가지 않고 데크에서 주저주저하며 알짱거리는 폼이 만일 아침 식사를 제공해 준다면 사양하지 않겠다는 것 같았다. 사료를 한 그릇 담아 현관 안에 두고 자리를 피해 주었더니 서리는 용감하게도 방충망 아래로 밀고 들어와 우적우적 먹었다. 그러다 인기척이 느껴지면 후다닥 빠져나가기를 두어 번 하다가 신변에 위협을 느꼈는지 어느 순간 잠적했다.

이 참새는 누가 갖다놓은 거지? 일단 나는 아님

지난주 수리가 토하고 열이 나서 진주 동물병원에 다녀온 지 일주일이 되었다. 열은 이제 내렸고 움직임도 좋아졌는데 며칠째 밥을 먹지 않는다. 고양이는 36시간 이상 먹지 않으면 신장과 간이 손상되어 위험해진다는 말을 듣고 어떻게든 수리에게 사료나 고등어 캔을 먹여보려고 했다. 하지만 수리는 거들떠보지도 않았다. 그런데 어떻게 된 일인지 수리는 기력이 쇠약해진 것 같지가 않다. 이 녀석이 요즘 종일 뒷산으로 마실 다니더니 뭘 잡아먹고 있는 것일까?

어제와 그제는 주말이라 펜션 손님이 단체로 왔다. 매년 이맘때 오는 단골손님들인데, 수리가 데크 옆 활짝 핀 백합 아래 누워 있는 걸 보고는 고양이와 백합은 상극이니 조심해야 된다는 이야기를 해주었다. 깜짝 놀라 고양이와 백합으로 검색을 해보니 정말 그런 정보가 있었다. 만일 그 정보가 사실이라면 수리가 이유 없이 토하고 열이 난 게 수리 잠자리 바로 옆에 최근에 활짝 핀 백합 탓일 수도 있겠다는 판단이 들었다. 나는 지난 보름간 정원에 엄청난 향기를 뿌려주었던 백합을 꺾어 쓰레기통에 던져버렸다. 아깝긴 하지만 어쩔 수 없었다.

이번에 연쇄 사건의 범인으로 용의선상에 오른 서리는 멀리서 보면 수리와 구분이 잘 안 될 정도로 닮았다. 하지만 가까이서 자세히

뜯어보면 다르다. 서리 얼굴에는 흉터가 제법 있다. 야생에서 길고 양이로 살아가며 영역싸움을 하는 과정에서 생긴 것인데, 인디언 전사처럼 용맹스러워 보인다. 처음 우리 집에 왔을 때 수리의 밥을 몰래 먹는 걸 보고 내가 밥을 한 그릇 담아 따로 주었더니 요즘은 거의 매일 온다. 밥은 먹으러 오지만 절대로 곁을 주지는 않는다. 언제라도 달아날 수 있는 거리를 유지하며 눈칫밥을 먹는다. 처음 왔을 때는 등뼈가 보였는데 요즘은 제법 살이 붙었다. 고양이가 쥐나 새를 잡아 선물하는 것은 굉장한 호의의 표시라고 한다. 사실 두 번째 선물로 준 참새는 유통기한이 지난 것이었지만 길냥이 서리는 밥을 얻어먹은 것에 대해 어떤 식으로든 감사의 마음을 전하고 싶었던 모양이다.

아내 몰래 쓰는 일기 1

이 글은 아내 몰래 쓴다. 아내가 보면 절대 안 되는 글이라서 거실에서 TV를 보고 있는 아내를 의식하며 조심스레 자판을 두드린다. "아침부터 무슨 글을 쓰는데?" 하고 아내가 느닷없이 다가올 리는 없지만 조심할 필요는 있다. 어제부터 시작된 장맛비에 태풍이 겹쳐 앞마당에는 빗물이 도랑을 만들고 바람도 점점 세어져 돌담 아래 뽕나무 고목이 휘청거린다. 화단에 세력 좋던 다알리아는 모두 드러누웠다.

내가 쓰는 글은 모두 카스 채널이나 페북, 밴드에 올린다. 하지만 오늘 쓴 글을 나는 카스채널 '지리산농부'에는 올리지 않을 것이다. 왜냐면 아내가 소식받기를 통하여 내가 올리는 글을 보기 때문이다. 페북이나 밴드는 괜찮다. 아내가 보지 않는다.

요즘 나는 선물로 받은 성능 좋은 헤드폰으로 말러나 브루크너의 교향곡을 듣는 데 푹 빠져 있다. 어제도 밤늦게까지 헤드폰을 끼고 말러 교향곡(2, 5, 7번)을 듣다 자정을 넘겨 침대에 누웠다. 늦게 잠자리에 들었기 때문에 밤새 한 번도 깨지 않고 숙면했다. 그런데 아침에 다리가 따끔해서 잠이 깨었다(모기가 이불 속까지 들어왔나 보다). 나는 괘씸한 모기를 때려잡고 좀 더 잘 생각으로 이불을 걷었는데, 모기가 아닌 지네가 나를 물어뜯고 있는 것이 아닌가. 전기에 감전된 듯 찌릿한 통증에 정신이 번쩍 들었다. 손가락으로 일단 탁 튕겨내고 손에 잡히는 대로 아내의 경대에서 볼펜 한 자루와 연필 한 자루를 가져와 지네를 잡으려고 하는데, 이게 연필과 볼펜으로 할 수 있는 일이 아니었다.

근데 여기서 정말 중요한 것은 지네를 아내 몰래 처리해야 한다는 것이다. 다행히 아내는 반대로 돌아누워 있어 내가 조용히 잘 처리하면 아내 모르게 넘어갈 수도 있다. 만일 아내가 "아침부터 침대에서 왜 이리 부스럭거려~ 잠도 못 자게~" 하고 돌아누우면 큰일이

다. "지네가 침대에 올라왔어~" 하면 아내는 틀림없이 비명을 지를 것이다. 그 충격으로 지붕이 무너지지는 않겠지만 적어도 창문은 깨질 것이다. 만일 나중에라도 알게 되면 아내는 다시는 침대에서 편안하게 잠을 자지 못할 것이다. 나는 볼펜과 연필로 지네를 집어보려는 바보 같은 짓을 몇 번 반복하다가 지네가 이리저리 빠져나가는 바람에 포기했다. 주방에 고기 구울 때 쓰는 집게가 딱인데, 내가 주방에 가는 동안 지네가 숨어버리거나 아내를 물 수도 있을 것이다. 다급한 순간에 천재적인 지혜가 떠올랐다. 어젯밤은 장맛비로 창을 모두 닫고 자는 바람에 더워서 옷을 하나만 입고 잤는데, 나는 그 마지막 옷을 벗어 지네를 싸발라 거실로 옮길 수 있었다. 정말 다행인 것은 지네가 아내가 아닌 나를 물었다는 것이다. 지난달에는 화장실에 거짓말 좀 보태면 뱀만 한 왕지네가 들어왔다. 그것도 다행히 내 눈에 먼저 띄어 아내 몰래 조용히 처리할 수 있었다.

시골에 살면 말벌에 쏘일 수도 있고 지네에 물릴 수도 있다. 운이 안 좋으면 뱀에 물릴 수도 있다. 그래서 나는 해독제를 상비약으로 준비해 둔다. 지네를 처리한 다음 나는 말벌에게 쏘였을 때 먹는 알약을 먹었다. 이미 부어오르기 시작한 오른쪽 종아리와 왼쪽 허벅지에 사혈침을 찌르고 부항으로 피를 뽑고 오소리 기름을 발랐다. 아내는 고맙게도 내가 응급처치를 다 하고 부항 붙인 자리를 들키지

않게 긴바지 입고 모닝커피를 마실 때까지 침대에서 나오지 않더니,
수리가 창밖에서 냐옹~(아침 먹고 싶다) 하자 "아~ 잘 잤다~" 하며
일어났다.

아내 몰래 쓰는 일기 2

"지네는 왜 내 눈에만 보일까?" 아내가 이상하다는 듯 중얼거리는데 나는 뭐라 할 말이 없다.

한번 거짓말을 하면 자꾸 하게 된다. 대꾸할 적당한 말이 생각이 안 나서 못 들은 척하고 있자니 속으로는 큭큭 웃음이 나온다.

조금 전에 현관에서 아내가 발견한 지네를 처리했다. 근데 지네는 신기하게도 자기 눈에만 띈다는 생각이 문득 든 모양이다. 만일 아내가 내 얼굴을 보며 정색을 하고 말했다면 대답이 궁해진 나는 얼굴이 시뻘게졌을 것이다. 대답은 뻔하다. 그동안 내 눈에 더 많이 보였던 지네는 예외 없이 아내 몰래 조용히 처리되었지만, 아내 눈에 먼저 띈 지네는 공개적으로 처형되었기에 지네가 공식적으로는 아내에게만 목격되는 것이다.

어제는 아내가 내 종아리에 부항 뜬 흔적을 보고 뭐냐고 물었다. "응? 이거~ 어제 아침 침대에서 내가 큼직한 지네에게 물리지 않았겠어? 독을 뺀 흔적이야~"라고 이실직고하면 아내가 뒤로 넘어갈 것이다. 몰래 부항으로 독을 뽑아낸 뒤 흔적을 안 보이려고 나름 조심했는데도 아내 눈에 띄고 말았다. 사실대로 말하면 좋을 게 하나도 없겠기에 신경통 어쩌고 하며 적당히 얼버무렸다.

지네는 쌍으로 다닌다는 말이 정말일까? 그저께 아침엔 지네가 침대에 출현하더니(내가 목격), 오늘 저녁 늦은 시간에는 현관에 나타났다(아내 목격). 잠자리 들기 전에 데크에 있는 수리를 한 번 더 보겠다고 나갔던 아내가 현관에서 뭐라 뭐라 고함을 지르는데, 소리가 어찌나 다급하게 들리는지 나는 현관에 뱀이 들어온 줄 알았다. 읽던 책을 던지고 후다닥 쫓아가 보니 현관 구석에 지네가 한 마리 보였다. 대물은 아니었지만 손가락만 한 놈이 현관 붙박이장 뒤로 숨어버리면 두고두고 걱정거리가 될 수 있다. 지금 생각하면 그냥 신발을 신고 콱 밟아버렸으면 간단한 것을, 당황해서 막대기 같은 걸로 찍어야 된다는 생각만 했다. 바보 같은 생각이었다. 주방으로 달려가 손에 잡히는 대로 밥주걱을 가지고 와서 콱콱 눌렀지만 쉽사리 제압이 되지 않았다. 지네가 비실거리며 도망가자 아내는 때려잡을 걸 가져와야지 왜 밥 푸는 주걱을 가져왔냐고 한다. 좋은 질문이었지만 다급했던 그 상황에서는 너무 어려운 질문이었고, 나도 그게 막 궁금하던 차였다. '내가 왜 밥주걱을? 왜 그랬지? 바보같이…' 하고 있는데 아내가 신발장에서 구둣주걱을 집어준다. 나는 쌍 주걱을 휘둘러 겨우 상황을 장악할 수 있었다.

요즘 고양이의 매력에 푹 빠진 아내는 마당에서 키우는 수리를 실내에서 키우고 싶어 한다. 나는 이런저런 이유로 반대하는데, 발 많은 곤충이 싫은 아내는 고양이가 실내에 있으면 지네 같은 벌레를 퇴치할 수 있다고 주장한다. 지난가을과 겨울을 실내에서 살다가 금년 봄에 마당으로 내쳐진 수리도 기회만 있으면 실내로 들어오려고 한다. 가끔 문이 열려 있는 틈을 타서 잽싸게 방으로 들어온다. 심지어는 중문을 여는 기술을 습득해서 스르륵 열고 들어온다. 들어와선 침대 밑으로 숨어 들어가 버틴다. 아내는 그걸 보고 귀엽다는 듯 웃기만 하고 내보낼 생각을 않는다. 아내와 수리의 이해관계가 묘하게 맞아떨어지는 것이다.

고양이의 매력에 푹 빠진 아내는 마당에서 키우는 수리를 실내에서 키우고 싶어 한다.

독사와 고양이

독사와 고양이가 싸우면 누가 이길까? 독사도 독사 나름일 것이고, 고양이도 고양이 나름일 것이다. 예전에 사냥개인 코카 스파니엘을 몇 마리 키운 적 있다. 용감하고 솜씨 좋은 코시는 매년 마당에 출몰하는 뱀을 서너 마리 잡는 반면, 소심하고 겁이 많은 콜라는 뱀에게 두 방이나 물려 일주일 동안 하마 얼굴로 고생한 적이 있다. 주둥이가 거의 다섯 배로 부었는데(반견반하마), 그나마 즉시 독을 짜내고 병원으로 달려가서 해독 주사 맞히고 꾸준히 약을 먹였는데도 그랬다. 고양이와 뱀이 싸워도 아마 크게 다르지 않을 것이다.

　느닷없이 뱀 이야기를 하게 되는데, 오늘 아침 마당에서 뱀을 보았다. 커피 한 잔 들고 마당에 나섰다가 하마터면 밟을 뻔했다. 뱀을 피하려고 헛다리 짚느라 뜨거운 커피를 쏟을 뻔했는데, 다행히 뱀은 죽어 있었다. 자세히 보니 갈색 독사가 목이 꺾인 채 죽어 있었다. 지난밤 잠결에 이불 속에서 들었던 끔찍한 소리가 떠올랐다. (아~ 그 소리가 그 소리였구나⋯) 창밖에서 고양이가 하악질을 하고 무시무시한 소리를 내며 싸우는 소리가 들렸다. 아내도 잠이 깨어 "수리하고 서리가 싸운다. 저놈들이 왜 싸우지?" 하고는 다시 잠들었는데, 이제 보니 수리가 뱀을 잡느라 일으킨 소음이었다. 징그러운 뱀을 멀리 덤불 속으로 던져버렸는데, 한참 뒤에 내가 뱀을 발견한 곳에서 수리가 두리번거리고 있었다. '분명 여기 있을 텐데 어디 갔지? 어디 갔지?' 하며 찾는 걸 보니 웃음이 나왔다. 전리품을 자랑하고 싶었는데 아무리 찾아도 보이지 않으니 무척이나 아쉬운 표정이었다.

마당에 돌아다니는 뱀을 고양이가 처리해 주니 내심 고맙다. 더 군다나 수리는 냥작 작위를 가진 귀족냥인데 집사 가족의 안전을 위해 달도 없는 깊은 밤에 위험을 무릅쓰고 싸워 이겼으니 자랑할 만하다. 수리 덕분에 뱀 걱정은 안 해도 되겠다는 생각이 든다. 사실 나는 현관 밖에 있는 신발을 신을 때 항상 조심스럽다. 장화 안에 뱀이 들어 있을 수도 있고, 운동화 안에 지네가 있을 수도 있기 때문이다. 언제 어디서 독을 가진 것들의 공격을 받을지는 아무도 모르는 일이다. 엄천골짝 산 아래 첫 집에 살다 보니 야생벌 퇴치하는 것도 보통 일이 아니다. 처마 밑 말벌이 집 짓기 좋은 곳은 수시로 살펴야 한다. 큰 집을 짓기 전에 떼어내지 않으면 말벌은 순식간에 농구공 만 한 집을 지어버려 처치 곤란한 상황이 된다.

수리는 독사도 잡는 끔찍한 녀석인데, 아내는 수리가 예뻐서 어쩔 줄을 모른다. 아침에 눈 뜨면 커피 한 잔 들고 "수리야~" 하며 아침 인사하러 나가고 밤에 잠자리에 들기 전에는 "굿 나잇~" 하며 한번 쓰다듬어 준다. 수리를 끔찍하게 예뻐하는 아내는 하루 종일 수리랑 교감한다. 마치 아기를 키우는 것 같다. 수리는 마당냥이지만 틈만 나면 엄천골짝을 돌아다니는 자유로운 영혼이라 하루의 절반 이상은 눈에 띄지 않는다. 그래서 아내는 수시로 수리를 찾는다. "수리야~ 수리야~ 어딨니?" 아내가 수리를 부르는 소리는 리듬이 있어 노래를 부르는 것처럼 들린다. 수는 낮은 8분음표, 리는 고음의 4분음표, 야~는 다시 낮은 2분음표다. 조용필의 노랫말 중 '엄마야~ 나는 왜 자꾸만 보고 싶지~'에서 '엄마야'와 비슷한 리듬이다. 단, 아내가 부르는 노래에는 즐거움과 사랑이 가득 담겨 있다.

아휴, 집사는
다 큰 어른이
뱀도 못 잡고 말야.
나 없으면 어쩌려고
그래 정말?

고양이 스포츠

    하루 두세 번 꼬박꼬박 사료를 먹고 틈틈이 고등어 캔 같은 간식을 상납받는 고양이가 사냥을 한다고 해서 사치스럽다고 새삼 흉을 볼 수는 없다. 고양이에게 사냥은 무의미한 사치가 아니라 유익한 스포츠다. 고양이도 살기 위해 먹는 거지 먹기 위해 사는 것은 아닐 터인데, 먹는 것이 해결되었다고 아무 활동도 하지 않는다면 건강한 삶이라고 볼 수가 없다. 친구도 사귀고, 틈나는 대로 사냥도 하고 놀이도 해야 건강하고 조화로운 삶이라고 할 수 있을 것이다.

    외톨이 수리에게 친구가 생겼다. 이제 절친이다. 한 달 전부터 길냥이 꼬리와 친해져서 요즘은 항상 붙어 다니며 장난치고 뒹굴고 티격태격 격투기를 하며 재밌게 논다. 그런데 지난 휴일 아침 창밖을 보고 나는 깜짝 놀랐다. 수리가 다람쥐를 한 마리 입에 물고 돌담에서 뛰어 내려오고 있고 꼬리가 부러운 듯 뒤따르고 있었다. 제법 큰 다람쥐를 도대체 어디서 잡은 걸까? 고개를 한껏 치켜들고 개선장군처럼 당당하게 걷는 수리의 등 근육이 아름답게 물결쳤고, 꼬리는 마치 수리의 병사라도 되는 듯 잔디마당을 뒤따라 가로지르고 있었다.

수리가 쥐나 두더지, 박새는 가끔 잡아 데크나 현관에 자랑삼아 전시를 하기는 하지만 저렇게 큰 다람쥐는 처음이다. 도대체 저 운 나쁜 다람쥐는 어쩌다가 수리에게 잡혔을까? 나는 혹 다람쥐가 아직 살아 있으면 구해 주려고 후다닥 밖으로 뛰쳐나갔다. 그런데 수리의 눈빛이 쥐나 두더지를 잡았을 때랑은 달랐다. 기쁨과 흥분으로 눈이 반짝반짝 빛나고 있었다. 쥐나 두더지는 강제로 뺏으면 집사가 욕심이 많나 보다 하며 마지못해 양보를 하는데, 다람쥐는 절대 양보할 수 없는 노획물이라고 생각했는지 후다닥 도망쳤다. 쫓아가다 보니 다람쥐는 이미 숨이 끊어졌고, 억지로 빼앗는 것도 치사한 것 같아 내버려두었다.

도대체 저 운 나쁜 다람쥐는 어쩌다가 수리에게 잡혔을까?

산 아래 첫 집에 살다 보니 산짐승이 많이 내려온다. 흔한 고라니는 앞마당까지 내려오고 산돼지는 집 앞 고구마밭에까지 침범한다. 토종벌을 많이 키울 때는 반달곰이 마을 집집을 순례하며 꿀을 얻어먹었다. 한때 닭을 키울 때는 족제비, 담비 같은 산짐승들에게 병아리를 많이 잃었다. 집에 시끄럽게 잘 짖는 개가 두 마리 있긴 하지만 사냥개가 아니라서 곰이나 산돼지 같은 짐승이 내려오면 전혀 도움이 되지 않는다. 사냥꾼 수리도 쥐나 두더지, 박새나 잡지 큰 짐승은 어림없다. 수리가 집 주변 뱀은 처리해 주지만 집안에는 여전히 지네가 출몰한다.

지난해엔 집안에 지네가 자주 출몰해 아내는 대책으로 수리를 다시 실내로 들이자고 했다.

수리가 실내에 있으면 지네 정도는 완벽히 처리해 줄 테니 나도 진지하게 고려해 보았다.

하지만 지네 때문에 마당에서 잘 지내는 고양이를 답답한 실내로 들이는 건 아니라는 생각이 들었다. 그런데 확실히 마당에 뱀은 잘 안 보이기는 하다. 수리가 뱀 잡는 걸 직접 본 적은 없어서 수리 덕분인지 알 수는 없지만 뱀이 고양이를 피해 사라졌을 수도 있을 것이다.

수리를 키우기 전에는 화단, 돌담, 심지어는 데크에서도 뱀을 발견하고 기겁한 적이 많다.

예전에 키우던 사냥개 코카 스파니엘은 집 주변에서 매년 뱀을 보이는 대로 잡아주었다.

마당에 수리뿐만 아니라 꼬리도 있고 밥때면 서리도 오기 때문에 고양이 세 마리 덕분에 뱀이 안 보이는 게 아닐까 싶기도 하다.

그런데 수리야~ 내가 장려하고 싶은 고양이 스포츠는 다람쥐 잡기가 아니라 뱀 쫓기야~ 알아쩌?

고양이를 모시게 되었습니다

고양이 키우기

고양이는 노린내가 나서 집안에 들일 게 못 되는 고약한 동물이
라고 알고 있었다. 내가 그 냄새를 직접 맡아본 적은 없지만 매년 곶
감 깎을 철에 우리 집에 오시는 절터댁 할머니가 "함부로 키울 생각
말아~ 고양이는 노린내 나서 못써~"라고 여러 번 말씀하셔서 고양
이는 냄새가 심하게 나는 모양이라고 믿게 되었다. 더군다나 고양이
는 언젠가는 집을 나간다고 하니 개를 좋아해서 멋쟁이 양치기 개를
두 마리나 키우고 있는 내가 고양이를 키우게 될 일은 없었다.

그래서 재작년 가을 아내랑 산책길에 마주친 어린 길냥이 한 마

리가 졸졸 따라왔을 때에도 내가 고양이를 키우게 되리라고는 생각하지 않았다. 대부분의(모든) 길냥이는 사람을 마주치면 후다닥 도망가는데, 이 녀석은 너무도 자연스럽게 다가왔다. 백 년 만에 만난 반가운 친구인 양 내 발목에 목덜미를 비벼대는데, 허리를 숙여 살펴보니 오래 굶주렸는지 배와 등이 구분이 없었다. 짠해서 일단 구조한다는 생각으로 집에 데려와서 개밥을 먹이고 현관 앞에 임시 거처를 만들어 재워주었다.

그런데 이 녀석이 넉살이 어찌나 좋은지 어어 하는 순간 집 안으로 밀고 들어왔고, 또 우째 우째 하다 보니 예방 접종에 중성화까지 시키게 되었다. 그런데 다행히 알고 있던 것과는 달리 노린내가 나지 않았다. 고양이는 추위를 많이 탄다고 해서 첫해 겨울에는 집 안에서 키우다가 다음 해 봄에 마당에서 자유롭게 돌아다니며 살게 했는데, 집을 나갈 것 같지는 않아 보인다.

잠은 현관에서 재우고 있다. 아내도 처음에는 고양이를 좋아하지 않았는데, 이 녀석(수리)이 어찌나 애교를 부리는지 그만 고양이의 매력에 흠뻑 빠졌다. 요즘은 눈만 뜨면 찾는다. 수리를 키우면서부터는 고양이에 대한 생각이 완전 달라졌다. 그리고 수리 외 우리 집에 때만 되면 밥 얻어먹으러 오는 길냥이가 두 마리 더 있다. 그중에

꼬리라고 이름을 지어준 어린 치즈 한 마리는 밥 먹으러 온 지 한 달
밖에 안 되었는데 수리랑 절친이 되어 잠도 현관에서 같이 잔다.

서리라고 이름 지어준 녀석은 좀 사납게 생겼다. 싸움도 자주 하
는 모양으로 조폭이 연상되는 거친 녀석인데 밥 먹으러 온 지 일 년
이 다 되어간다. 이 녀석은 고기 맛을 알아 어떤 때는 사료를 주면
먹지 않고 고기를 달라고 정중하게(아내의 표현) 요청한다. 한껏 감
정을 실은 매력적인 테너로 지난번에 먹었던 고등어를 예찬하는 노
래를 하면(줄 때까지), 아내는 마음이 약해져 자꾸 이러면 안 되는데
~ 하고는 고등어 캔을 하나 딴다.

재작년 겨울 몇 개월 동안 집안에서 수리를 키울 때는 배설물 처
리 문제로 애를 먹었다. 고양이 몸에서는 냄새가 안 나는데, 고양이
가 배설한 똥오줌은 냄새가 고약했다. 화장실에서 똥을 싸면 안방에
서 알아챌 정도였다. 다행히 고양이는 개와 달리 따로 훈련을 시키
지 않아도 아무 데서나 배설하지는 않았다. 가르쳐주지도 않았는데
기특하게 화장실 배수구에 똥을 싸고 오줌도 누었다. 실내에서 고양
이 키우는 사람은 대부분 전용 화장실로 모래 상자를 사용한다.
고양이는 모래 위에 변을 누고 앞발로 모래를 삭삭 긁어 덮는다.
이것은 본능이라 수리는 화장실 배수구에 배설하고도 타일 바닥을

긁어 덮는 시늉을 한다. 이제 잠만 현관에서 재우고 마당에서 생활하니 고양이 키우는 데 어려움은 하나도 없고 즐거움만 넘친다.

사실은 오늘 내 인생을 되돌아보는 소박한 글을 쓰다가 고양이 키우는 이야기로 빠져버렸다.
그런데 참 묘하다. 이 글에 고양이 대신 인생이라는 단어를 넣어도 얼추 내가 하려던 이야기가 되는 거 같으니 말이다.

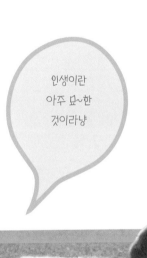

인생이란
아주 묘~한
것이라냥

사랑이의 수리 이야기

사랑

평화로운 집에 고양이 한 마리가 들어오자 모든 게 달라졌다. 지난가을이었다. 어느 날 저녁 베란다 창으로 거실을 들여다보니 낯선 고양이 한 마리가 소파에 앉아 있었다. 뭐지? 고양이가 왜 집 안에 있지? 고양이는 아주 어려 보였는데, 마치 제 집이라도 되는 양 거만한 자세로 앉아 있다가 소파에 기대어 책을 읽는 주인님의 산(똥배) 위로 슬며시 올라가 앉았다. 거대한 동산에 식빵을 올려놓은 것 같았다. 그런데도 주인님은 책에 빠져 아무것도 모르고 있었다. 안 돼! 오디와 나는 정말 겁나게 짖었다. 방음이 잘 되는 거실 창이 있다고 는 해도 워낙 큰 소리로 짖어대니 주인님이 들은 모양이었다. 그런

데 황당하게도 주인님은 나를 힐끔 쳐다보았을 뿐이었다. 그 버르장머리 없는 고양이 머리를 한 번 쓰다듬어주고는 아무렇지도 않다는 듯 하품을 하고는 다시 책으로 눈길을 돌리는 것이 아닌가. 결코 그렇게 한가한 상황이 아니었는데 말이다.

고양이는 처음이다. 지리산 엄천골 끝자락에 위치한 우리 집은 17년 전에 지어졌는데, 4년 전 내가 입양되기 전까지 잘생긴 스파니엘과 콜리가 살았다. 그런데 내가 입양될 즈음 모두 나이가 들어 무지개다리를 건너갔다. 그런데 새끼 고양이 한 마리가 불쑥 들어온 것이다. 거만하고 지저분하게 생긴 녀석이었다. 어쨌든 그 녀석은 수리라는 이름으로 불렸다. 수리취떡 상표가 붙은 종이 상자를 보고 주인님이 즉흥적으로 지어준 천박한 이름이었다. 반면 사랑이라는 내 이름은 주인님이 한 달 이상 심혈을 기울여 지은 이름이다. 자랑같이 들리겠지만 주인님은 내 이름을 짓기 위해 SNS에 공모까지 했다고 한다.

고양이는 가시를 숨긴 배반의 장미다. 천성이 간사하고 도벽이 심하며 사회성이 없는 데다 게으르기까지 하다. 고양이가 들어오고 나서 나와 오디가 찬밥이 되어서 하는 말은 결코 아니다. 이런 쓸모없는 고양이를 주인님이 왜 데려온 건지 나는 도무지 이해가 되지 않는다. 나와 오디는 혹한의 겨울을 바깥에서 살았는데, 수리는 거실 벽난로 앞에서 드러누워 주는 밥 먹고 노끈이나 종이 쪼가리나 찢어발기며 놀았다. 개는 힘들게 바깥에서 추위와 싸우며 집을 지키고 있는데 말이다. 아는 사람은 알겠지만 우리 집은 산 아래 집이고 담장이 없어 멧돼지나 반달곰이 수시로 들락거린다. 게다가 별별 사람이 많이 들락거린다. 나는 산짐승들은 물론이고 낯선 사람이 오면 겁나게 짖는다. 그런데 수리는 멀뚱멀뚱 쳐다만 볼 뿐 전혀 짖지를 않는다. 하다못해 냐옹도 하지 않는다. 아무짝에도 쓸모없는 녀석인 것이다.

고양이의 타고난 천성은 그렇다 치더라도 수리 이 녀석은 도무지 위아래가 없다. 주인님이 부르면 나는 꼬리를 흔들며(어떤 때는 엉덩이까지 흔들며) 달려가서 고개를 숙이는데, 이 건방진 똥덩어리는 들은 척도 안 한다. 주인님이 수리야~ 하고 부르면 당연히 냐옹~ 하고 달려가야 하는데, 하늘만 멀뚱멀뚱 쳐다본다. 도무지 버르장머리가 없는 것이다. 그렇다고 개가 되어 고양이 예절을 가르칠 수는 없는 노릇이라 가만 내버려두면 이 버릇없는 녀석은 머리 꼭대기에 올라가 주인님을 집사처럼 부려먹는다.

수리도 이제 한 살이 되었다. 그동안 수리는 잘 먹고 잘 자라서 허리를 활처럼 휘고 털을 곤두세우면 키가 나와 맞먹는다. 처음엔 내가 근처만 가도 감나무 위로 줄행랑을 놓던 녀석이었는데 말이다. 어쨌든 평화로운 집에 고양이 한 마리가 들어와 모든 것이 달라졌다.

수리는 명상가

"수리는 명상가야~ 명상가~"

아침 출근 준비에 바쁜 아내가 데크 난간에 얌전히 앉아 있는 수리를 보고 웃으며 한 말이다. 녀석은 그냥 우산 아래서 비를 피하며 아침 식사를 기다리고 있을 뿐인데, 요즘 고양이의 매력에 푹 빠진 아내의 눈에는 그것도 예사롭지 않게 보였나 보다. 아닌 게 아니라 아침 식사를 기다리다 졸음이 오는지 고개를 끄덕끄덕하는 게 명상을 하는 것처럼 보이기는 한다. 우산 너머 보이는 엄천강 맞은편 법화산에 운무가 가득하고 아내의 눈에는 수리가 보리수나무 아래서 깨달음을 얻은 석가모니처럼 보이는 모양이다.

명상가 수리는 밀당의 고수다. 사람을 들었다 놨다 한다. 녀석은 최근에 조금 아팠던 걸 계기로 사료를 잘 안 먹는다. 심지어는 좋아하던 고등어 캔도 잘 안 먹는다. 일회용 커피 봉지 같은 것에 들어 있는 츄르라는 비싼 걸 진상하면 못 이기는 척하고 깔짝깔짝 먹는다. 그동안 가리지 않고 뭐든 잘 먹던 녀석이었는데, 양이 문제지 질이 결코 문제가 아니었는데, 입이 고급이 되어 아내를 애태우고 있다. 잘 먹던 녀석이 안 먹고 버티니 아내는 애가 타서 사정하다시피 먹이려고 하지만 수리는 냉담하다. 입맛이 없어 당분간은 츄르만 먹겠다고 한다. 아내가 애가 타서 사료를 집어 입에 넣어주면 씹지 않고 도로 뱉어낸다. 내가 보기에 수리는 이제 열도 다 내렸고 더 이상 아프지 않은데 잔머리를 굴리고 있는 것이다(교활하기가 아베 뺨을 치는구나… 그래~ 더 큰 피해가 너에게 돌아가게 해주겠어~ 맹세코!).

'너 맛 좀 봐라~' 하고 나는 버텼다. 아침에 준 사료를 멀뚱멀뚱 쳐다만 보고 있기에 그릇을 거둬들였다. 마침 길냥이 서리가 밥 얻어먹으러 왔길래 잘 됐다 하고 먹였다. 서리는 맛나게 잘 먹었다고 예의 바르게 인사를 하며 저녁에도 같은 식단으로 부탁하겠단다. 수리는 '홍 어디 한번 해보시지' 하는 도전적인 표정을 짓고는 마실을 가버렸다. 어디 두더지라도 사냥하러 간 건지 한나절 내내 보이지 않더니 오후 늦은 시간에야 돌아와 내 발목에 목덜미를 비비며 냐옹~

한다. 협상을 하자는 거다. 이래봤자 서로에게 좋을 거 없으니 타협을 하자는 거다. '이놈아~ 협상은 무슨 얼어 죽을 협상~' 하는 생각에 "먹으려면 먹고 말려면 말아~" 하고 사료를 주었더니 두말없이 싹 비운다.

아니, 나는
그냥 좀 더 특별한
식사가 하고 싶은
기분이었단
말이양

수리가 아침에 사료를 거부하고 어디론가 마실을 간 사이 길냥이 서리가 배불리 먹고는 마당에서 쉬고 있다. 서리가 처음 밥 얻어먹으러 왔을 때는 늘 경계를 하고 언제라도 도망갈 수 있는 안전거리를 유지했는데 이제는 대담해져서 한 걸음 옆으로 지나가도 가만히 앉아 있다. 대단한 용기를 내고 있는 거다. 오늘은 수리가 마실 가고 없는 사이 이 녀석이 현관 입구에 있는 수리의 탑에 올라가 있다가 내가 다가가니 깜짝 놀라 후다닥 달아났다. 나는 속으로 웃음이 나왔다. 수리가 보면 '굴러온 돌이 박힌 돌 뺀다'고 할 법한 상황이다. 길냥이 서리는 "밥 투정하는 버릇없는 고양이 대신 아무거나 잘 먹는 나를 한번 고려해 보세여~ 고려할 수 있을 때~ 고려하세여~" 하다가 아무래도 이건 아니다 싶었는지 돌담 너머로 사라졌다.

어쨌든 조만간 앞마당에는 밀당의 고수와 눈치의 고수가 같이 밥을 먹게 될 것 같다. 두 고수는 같은 옷을 입고 있어 멀리서 보면 누가 누군지 모를 정도다. 어쨌든 외로운 두 싱글이 친구가 되어 좋은 인연을 이어가길 바라본다.

진료는 의사에게

진국

무슨 소리지? 잠결에 까마귀가 고양이 입을 빌려 내는 듯한 묘한 소리가 현관에서 들려왔다. 내가 꿈을 꾸고 있는 건가? 입을 앙다문 고양이의 구슬픈 야옹과 부리를 있는 대로 크게 벌린 까마귀의 아아 악을 합성한 듯한 소리가 계속 들려 결국 나는 잠이 깨고 말았다. 그런데 아침부터 현관에 까마귀가 날아와 울고 있을 리가 없으니 그 울음소리의 주인은 고양이임에 틀림없다. 아내를 깨우지 않으려고 조심스레 침대에서 나와 중문을 열어보니 수리가 현관 바닥에 널브러져 까마귀 소리를 내고 있는데, 오른쪽 뒷다리가 솜사탕처럼 부풀어 있다. 허걱~ 골절이다. 얼핏 보니 외상은 안 보이길래 수리가 높

은 곳에서 추락해 다리가 부러진 거라고 확신했다. 이 녀석이 지붕
에서 미끄러졌나? 아님 감나무에 올라갔다가 가지가 부러졌나? 보
지 못해서 원인을 알 수는 없었지만 다리가 부러진 것만은 틀림없어
보였다.

이런 경우에 어떻게 처치해야 하는지 나는 잘 알고 있었다. 2년
전 낙상사고로 발이 부러져 고생한 적이 있기 때문이다. 나는 그때
의 경험을 참고하여 무엇을 어떻게 해야 할지 순서를 정했다. 당장
수리의 부러진 다리를 임시 부목으로 고정시켜 2차 부상을 당하지
않게 한 뒤 병원으로 후송하고 수술을 시켜야 할 것이다. 압박붕대
와 나무젓가락으로 수리의 부러진 다리를 임시 고정하기 위해 아내
에게 도움을 요청했다. 아내는 잠이 덜 깬 상태에서도 신속하게 움
직였는데, 막상 환자가 협조를 하지 않았다. 겁을 잔뜩 먹은 수리는

퉁퉁 부은 자기 발에 손만 닿아도 까마귀 소리를 내며 거부 의사를 확실히 했다. 유감스럽지만 어쩔 수가 없었다. 그냥 들쳐 안고 동물 병원으로 가는 수밖에.

읍에 있는 동물병원에 가서 다리가 부러진 고양이를 데리고 왔다고 했는데, 먼저 온 젊은 부부가 어미에게 버림받았다는 아기 길고양이 한 마리를 데리고 와서 진료를 받고 있었다. 아직 이빨도 나지 않은 새끼였는데, 초유를 구입해 먹이고 휴지로 대소변을 유도해 주라는 간단한 처방을 받고 갔다(처방은 간단했지만 처치는 결코 간단하지 않을 것이다).

그런데 다행히 수리는 뼈가 부러진 게 아니었다. 진료를 받고 집에 와서 생각해 보니 나도 그 젊은 부부처럼 진료는 의사에게 전적으로 맡기고 얌전하게 처방을 받았어야 했는데 내가 마치 의사라도 되는 양 앞서갔던 것이 어처구니없고 부끄럽다. 노련해 보이는 그 수의사가 선입견 없이 차분하게 진료를 했더라면 촉진만으로도 골절이 아님을 알았을 것이다. 내가 마치 의사라도 되는 양 다리가 골절되었다고 선언하는 바람에 방사선 사진을 찍게 되어 한바탕 소동을 벌였다. 내가 보조가 되어 방사선 피폭방지 조끼를 걸쳐 입고 할큄 방지용 두꺼운 장갑까지 끼고 수리를 잡아주었지만 수리가 난동

을 부리는 바람에 할 수 없이 마취주사를 놓고 사진을 찍게 되었다.

　판독 결과 뼈는 아무 이상이 없었고 발목에 난 작은 상처가 감염
되어 치킨다리가 된 거로 진단되었다. 어쩌면 수리가 응급 부목 대
는 걸 한사코 거부하고 방사선 촬영도 단호히 거부한 이유가 그냥
좀 찍힌 거니 제발 오버하지 말라는 항의였는지도 모르겠다. 수리도
무척 아팠겠지만 내가 더 놀라고 겁을 먹었던 것 같아 부끄럽다.

귀감을 부탁해

펜션에 오신 손님이 체크아웃하며 귀감을 사가지고 가시겠단다. 일행 8명이 객실 4개에 이틀 묵고 가시며 귀감도 사 가지고 가신다니 내 입이 열 개라도 다 벌어지겠다.

근데 갑자기 사 가는 건 아니고 사전 작업이 있었다. 첫날 손님이 곶감 덕장을 보고선 곶감도 만드냐고, 살 수 있느냐고 물어보셔서 대봉곶감 8과 팩을 시식용으로 드리고 일단 맛부터 보시라고 했다. 다음 날 손님 중 가장 연장자이신 할머니께서 곶감이 엄청 맛있다고 칭찬을 해주셔서 기분이 좋아 고종시 10과들이 팩을 또 드렸다. 이게 얼마짜린데 자꾸 주느냐고 부담스러워하셔서 드시고 가는 거는 다 공짜라고 나는 너스레를 떨었고 손님은 유쾌하게 웃었다. 손님 8명은 미루어 짐작하건대 할머니와 아들 내외, 딸 내외 그리고 손주 셋인 것 같았고, 고양이보다 작은 푸들 한 마리가 따라왔다.

손님 일행이 퇴실하기 전 냉동 창고 앞에서 내가 추천하는 곶감을 고르고 있는데 수리가 불쑥 끼어들었다. 비록 내가 수리를 귀감 홍보대사로 일찍이 위촉하였고 자기도 나름 열심히 활동하고 있지만 이 자리에는 홍보대사의 등장이 별로 필요한 것 같지 않아 보였

내가 애교만
많은 줄 알았지?
영업 능력도 아주
대단하다구

다(사전에 맛배기도 돌리고 상품 설명도 내가 다 했는데 도대체 뭘 하겠다는 거지?).

나는 손님이 성가셔할까 봐 수리를 발로 슬쩍 밀어내었다. 그런데 어렵쇼~ 이 녀석이 오히려 내 발목에 착 달라붙는다. 그리고 한 술 더 떠서 할머니에게 다가가더니 다리에 목덜미를 비빈다. 다행히 처음 보는 고양이에게 할머니가 호의를 베풀어 머리를 쓰담쓰담하고 목을 간질여주니 기분이 잔뜩 좋아진 수리는 고개를 치켜들고 갸르릉거린다. 수리가 기분 좋게 갸르릉거리는 소리는 무반주 첼로묘(猫)음곡이다. 화성이 풍부한 이 연주는 귀감을 보고 있는 사람이 한 개 살 거 두 개 담게 만드는 마법이 있는 게 아닐까 싶다.

나도 사전에 작업을 하긴 했지만 수리수리마수리 홍보대사 수리의 마법 때문인지 손님들이 각자의 집(세 군데)으로 가져갈 곶감 상자가 의외로 많아졌다. 선물로 돌릴 거라는 할머니 댁에 갈 곶감이 특히 많아서 얼음팩이 거의 반 박스나 비었다. 그리고 이건 곶감을 많이 사 가서서 하는 립서비스가 절대 아닌데, 할머니께서는 그냥 평범하게 차려입으셨는데도 기품이 있어 보이셨다. 굳이 떠올리면 드라마에서 보던 대왕대비마마가 평상복을 입으신 거 같았다. 처음 보는 고양이가 느닷없이 다가와 목덜미를 비벼대는데다가 여름철이라 냥이 털이 묻을 수 있는데도 목덜미를 들이미는 귀감 홍보대사와 격의 없는 순수한 우정을 나누셨다. 수리 목을 살살 간질여주다가 심지어는 가슴에 안으려고 하셔서 내가 털이 묻는다며 만류했다. 말리지 않았으면 이탈리아식으로 볼을 비비며 "만나서 반가워~ 이쁘구나~ 이름이 뭐니?" 하며 사교의 시간을 이어가셨을 것이다.

손님이 가고 나서 수리는 고등어 캔과 템테이션을 보상받았다. 개와 고양이는 하늘과 땅 차이다. 우리 집 사랑이와 오디는 손님이 오면 버릇없이 짖어대는데, 수리는 처음 보는 손님에게도 진정한 우정으로 다가가니 이는 결코 편견이 아니다. 사랑아, 오디야~ 너네들은 제발 손님에게 예의 좀 지키렴~ 그리고 수리야~ 귀감을 부탁해~

멍겔지수 냥겔지수

두 아들이 장성하여 출가한 뒤로 그동안 생활비에서 큰 몫을 차지했던 교육비가 안 들어가니 이제 시골 농부네 가계에 여유가 생기려나 싶었는데, 뜻밖에 냥겔지수가 높아지는 바람에 수리수리마수리 도로아미타불이 되어버렸다.

고양이를 키워보니(모시고 살아보니) 개와 달리 돈이 많이 들어간다. 동물을 유난히 좋아하는 나는 마당 넓은 시골에 살면서부터 개를 여러 마리 키웠다. 많이 키울 때는 다섯 마리를 키웠다. 그중 하나가 새끼를 낳으면 일시적으로 열 마리까지 불어났지만 강아지 예방 접종 등을 내가 직접 할 수 있었기 때문에 돈이 많이 들지 않았다. 나중에 그 다섯 마리가 모두 노견이 되고 어쩔 수 없이 병이 들어 하나씩 수술을 하게 되었을 때는 제법 목돈이 들어가기는 했지만 그 전까지는 내가 동물병원이나 동물약국에서 처방을 받고 직접 처치가 가능했기에 비용을 상당히 줄일 수 있었다.

그런데 고양이는 다르다. 만일 고양이에게 문제가 생기면 내가 할 수 있는 것은 하나도 없다. 그냥 병원에 모시고 가서 수의사에게 맡기는 수밖에 없다. 고양이는 가슴으로 낳아 지갑으로 키운다고 하는데 고양이 집사가 되어보니 그 말이 결코 웃자고 하는 말이 아님을 알겠다.

고양이는 가슴으로 낳아 지갑으로 키운다고 하는데, 이는 결코 웃자고 하는 말이 아니다.

고양이는 영리해서 돌팔이를 즉시 알아본다. 만일 내가 주사기를 들고 직접 예방접종을 한다든지 상처 난 자리에 빨간약이라도 발라 주려고 하면 즉각 발톱을 드러낸다. 무면허는 허용하지 않겠다며 심지어는 무시무시한 이빨을 슬쩍 보여준다. 하지만 병원에 가면 가운 입은 수의사를 전적으로 신뢰해서 진료에 적극 협조한다.

지금도 양치기 개 두 마리를 키우고 있지만 개는 결코 비싸게 굴지 않는다. 같은 상표의 사료를 구입해도 개 사료는 고양이 사룟값의 절반이다. 간식도 가끔 개껌 하나 던져주면 만면에 미소를 짓고 꼬리를(엉덩이도 일부) 흔들며 고마워한다. 진심이 느껴진다. 그런데 고양이는 껌 따위는 쳐다도 보지 않는다. 비스킷이라도 하나 던져주면 "시시하게 굴지 말고 캔이나 하나 따 보시든지, 싫으시면 츄르라도 한 봉 따 보시지~" 하고는 외면한다.

오랫동안 개를 키워왔던 나는 처음엔 살짝 당황스러웠다. '고양이는 참 도도하구나~ 하지만 까짓것 건방을 떨어봤자지~' 하며 콧방귀를 뀌었는데, 이거 참 어찌 된 일인지 아내는 달랐다.
수리경인지 냥작인지 고양이 비위를 맞추지 못해 지금도 안달이다. 마트에 장 보러 가면 고양이 간식은 절대 빼먹지 않는다. 사료에 필요한 영양이 다 들어 있기 때문에 비싼 간식은 필요 없다고 해도

아내의 생각은 다르다. 사람이 밥만 먹고 살 수 없듯 고양이도 먹는 즐거움을 누리며 살아야 한다는 것이다. 틀린 말은 아니지만 모순은 있다. 아내는 개 간식을 사는 데는 고양이 간식만큼 열정을 보이지 않는다.

굴러온 돌이 박힌 돌을 뺀다고, 사랑이와 오디가 좀 시끄럽게 짖는 게 흠이기는 하지만 그동안 사랑을 독차지했는데, 수리가 가족이 되고 길냥이 서리와 꼬리가 밥 먹으러 오고 난 뒤부터 개들은 가엾게도 사기가 떨어졌다. 처음엔 이거 웬 고양이냐고 고래고래 짖어대더니 이제는 고양이에게 친절해졌다. 개도 고양이도 이 골짜기에서 누가 서열이 더 높은지 알고 있는 것이다.

수리수리마수리

개는 충직하지만 고양이는 글쎄, 뭐랄까? 고양이는 딱히 뭐라 말
하기가 어렵다. BC(Before CatSuri) 17년 우리 집에는 개가 다섯 마
리 있었다. "코시야~ 이리와~" 하고 부르면 (코시만 불렀는데도) 다
섯 마리가 한꺼번에 달려왔다. 선착순이라도 하듯 개들이 뛰어오면
나는 내심 뿌듯했다. 코시의 '코' 소리만 들려도 즉각적인 반응을 보
이고 꼬리를 흔들며 달려오는 개들을 보면 키우는 기쁨이 있었다.
그런데 기원 전(Before CatSuri) 앞마당에 살았던 개들은 모두 역사
속으로 사라지고 새로 입양한 양치기 개 사랑이와 그녀의 딸 오디가
새로운 역사를 이어가고 있다. (참고로 우리 집은 2년 전 길냥이 수

리가 태어난 해를 냥력 원년으로 사용하고 있다.)

    부르면 언제라도 달려오는 개들에 익숙해 있는 나에게 "수리~ 수우리~ 이리 와~" 하고 소리 높여 불러도 눈도 꿈쩍 않는 고양이 수리는 정말 연구 대상이었다. 고양이는 개와는 달리 지능이 낮아 자기 이름을 인지하지 못하는 것일까 싶기도 했는데, 어떤 때는 부르면 꼬리를 빳빳이 세우고 어기적어기적 다가오기도 하니 결코 지능이 낮다고 볼 수는 없다. 내가 불렀을 때 수리가 다가오는 예외적인 경우는 식사 시간이다. 그 외는 아무리 불러도 내 입만 아프다. 요즘은 으레 그러려니 하고 넘어가고, 또 간식이라도 들고 있지 않을 때는 아예 부르지도 않지만 처음엔 대꾸도 않는 수리 때문에 열을 좀 받았다(건방진 똥덩어리 같으니라고… 내 자존감을 이렇게 무참히 짓밟다니… 내가 지한테 어떻게 해줬는데… 맹세코 더 큰 피해가 너에게 돌아가도록 해주겠어…).

    고양이를 키워보니(모시고 살아보니) 고양이는 확실히 개와 다르다. 고양이에게는 개 같은 충직함이 없다. 하지만 다른 뭔가가 있다. 사실 처음 산책길에 만난 수리를 업어 왔을 때 키우겠다는 생각은 1도 없었다. 다만 외면하면 살아남지 못할 것이라는 측은지심에 일단 구조부터 한 거다. 그리고 우리 집에 곶감 깎으러 오는 절터댁에게서 "고양이는 냄새가 나서 집에 들일 짐승이 못 된다"는 말을 귀에 못이 박이도록 들은 터라 고양이를 가족으로 맞으리라고는 꿈에도 생각지 않았다. 그런데 인연(묘연)이 되려고 그랬는지 내가 수리를 만난 날 재를 넘고 강둑을 따라 올라오는 산책길을 그날 딱 하루만 반대 방향으로 돌았고, 수리를 만났다. 아내가 오늘은 반대로 한 번 돌아보자고 해서 그랬던 것이다. 항상 돌던 대로 돌았으면 수리를 만나지 못했을 것이다. 어쩌면 고양이는 타고난 마법사일까? "수리수리마수리 역방향으로 돌아라~ 얍~" 하고 마법을 부린 것일까? 집에 데리고 와서도 현관 앞에서 일단 밥을 먹이고 나서 '이제 어쩌지? 어쩌지?' 하고 갈등하던 부부에게 마법을 걸어 현관문을 열게 하고 안방을 차지했을까? 참말로 수수께끼다.

수리는 부르면 못 들은 척 외면하고 지 할 일만 한다. 그런데 어떻게 된 일인지 수리가 냐옹~ 하고 부르면 아내가 후다닥 달려간다. 이건 뭐가 잘못돼도 한참 잘못된 것이다. 아내는 창밖에서 냐옹 소리만 나면 "오구오구, 수리 와쪄~ 어디 갔다 이제 와서?" 하며 맨발로 달려나간다. 수리는 잠만 현관에서 자고 마당 주변 밭 그리고 뒷산에서 하루를 보내기 때문에 일정이 바쁘실 때는 얼굴 보기 어렵다. 다람쥐 사냥대회라도 있는 날에는 밤늦게 들어오기도 한다. 그래서 수리가 늦게 들어오는 날에는 아내가 걱정이 많다. 혹 불량 고

양이를 만나 휩쓸려 다니는 건 아닌지, 혹 멀리 가서 길을 잃어버리고 집을 못 찾는 건 아닌지 걱정을 한다. 정말 걱정도 팔자다. 팔(8)자는 뒤집어도 팔(8)자다.

고양이에게 사랑을

산책길에서 만난 길고양이 수리와

가족이 된 지 2년이 다 되어가네요.

데크에 있는 수리 밥그릇을 보고

길고양이 한 마리 찾아와 서리를 하더니,

또 한 마리 꼬리를 잡고 와

이제 모두 세 마리(수리, 서리, 꼬리)가 같이 밥을 먹습니다.

고양이와 함께하는 하루는 재밌습니다.

아들 둘 출가시킨 뒤

허전해진 부부의 빈 가슴에

고양이가 들어와 냐옹냐옹하니

사랑스럽습니다.

고양이는 개처럼 사람에게 충성하지 않고

오히려 사람으로 하여금 떠받들게 만드는

묘한 재주가 있습니다.

먼저 키우던 양치기 개 두 마리에

길 고양이 세 마리가 들어와

멍겔지수에 냥겔지수까지 만만치 않지만

부부는 오히려 이러한 삶에 흐뭇해합니다.

용기를 내어 다가와준 세 냥이와

또 찾아올지 모르는 이름 없는 길냥이에게도

사랑을 보냅니다.

길고양이는 길에서 태어났지만

더불어 살아야 할 우리의 이웃입니다.

고양이를 모시게 되었습니다

초판 1쇄 발행_ 2021년 7월 20일

지은이 유진국
펴낸이 이성수
주간 김미성
편집장 황영선
편집 이경은, 이홍우, 이효주
디자인 신솔, 진혜리
마케팅 김현관
사진 유진국 임익순
펴낸곳 올림
주소 서울특별시 양천구 목동서로 77 현대월드타워 1719호
등록 2000년 3월 30일 제2021-000037호(구: 제20-183호)
전화 02-720-3131 | **팩스** 02-6499-0898
이메일 pom4u@naver.com
홈페이지 cafe.naver.com/ollimbooks

ISBN 979-11-6262-048-9 03810